东京下町古书店

東京バンドワゴン

第 1 卷

摇滚爱书魂

[日] 小路幸也 著
Yukiya Shoji

吴季伦 译

上海三联书店

图书在版编目（CIP）数据

摇滚爱书魂/（日）小路幸也著；吴季伦译 —上海：上海三联书店，2015.9
（东京下町古书店）
ISBN 978-7-5426-5285-0

I.① 摇… II.①小…②吴… III.① 长篇小说—日本—现代　　IV.① I313.45

中国版本图书馆CIP数据核字（2015）第196448号

摇滚爱书魂

著　　者 / ［日］小路幸也
译　　者 / 吴季伦
责任编辑 / 陈启甸　陈马东方月
特约编辑 / 马健荣
装帧设计 / 王小阳
监　　制 / 李　敏
责任校对 / 周广宏
出版发行 / 上海三联书店
　　　　　（201199）中国上海市闵行区都市路4855号2座10楼
网　　址 / www.sjpc1932.com
邮购电话 / 021-24175971
印　　刷 / 江苏常熟市兴达印刷有限公司
版　　次 / 2015年9月第1版
印　　次 / 2015年9月第1次印刷
开　　本 / 890×1240　1/32
字　　数 / 100千字
印　　张 / 9.25
书　　号 / ISBN 978-7-5426-5285-0/I · 1060
定　　价 / 28.00元

敬启读者，如发现本书有印装质量问题，请与印刷厂联系0512-52381075

$$\text{登} \quad \text{场} \quad \text{人} \quad \text{物}$$

堀田勘一	七十九岁，是创立于明治时代的古书店"东京BANDWAGON"的第三代店主。声如洪钟，老当益壮。
堀田幸	两年前过世，享年七十六岁，勘一的妻子。贤妻良母，在世时是堀田家的重要支柱，如今仍在天上守护着堀田一家。
堀田我南人	六十岁，勘一的独生子。摇滚界的传奇人物，摇滚魂永远不死。个性吊儿郎当，常不交代一声就离家四处荡游。
堀田蓝子	三十五岁，我南人的长女。单亲妈妈，个性文静，谜样的美女画家。和弟媳亚美一起经营"东京BANDWAGON"的附设咖啡厅。
堀田花阳	十二岁，蓝子的女儿。小学六年级生，成熟而稳重，非常尊敬祖父我南人。
堀田绀	三十四岁，我南人的长子。曾任大学讲师，性格稳重，适合从事研究工作。目前是自由作家，并且协助祖父勘一经营古书店。

堀田亚美	三十四岁，阿绀的妻子。结婚前姓胁坂，不顾父母反对，执意嫁入堀田家。曾当过空姐，才貌双全，敏捷而极具行动力。
堀田研人	十岁，阿绀和亚美的独生子。小学四年级生，好奇心旺盛，心地十分善良。
堀田青	二十六岁，我南人的私生子，从小在堀田家长大。职业是导游，身材高大，外型俊美，深获女性青睐，常有女人找上门。
祐圆	勘一的发小，原为附近神社的主祭，让位给儿子后，每天过着悠然自得的日子。
康圆	祐圆的儿子。
玉三郎 娜拉 阿凹 本杰明	堀田家的猫。
默多克	热爱日本的英国画家，在堀田家附近拥有一间工作室，专攻版画和日本画。倾心于蓝子。
真奈美	附近的一家名为"春"的小居酒屋的老板娘，是蓝子高中时的学妹。

大町奈美子	住在附近居民楼的一年级小学生。
牧原美玲	热爱文学的美女，做事十分勤快。某日突然来到堀田家，声称要嫁给阿青。
藤岛	IT公司老板，年仅28岁。痴迷古书。
茅野	即将退休的老刑警。喜欢淘旧书，是"东京BANDWAGON"十多年的老顾客。总是衣着考究。

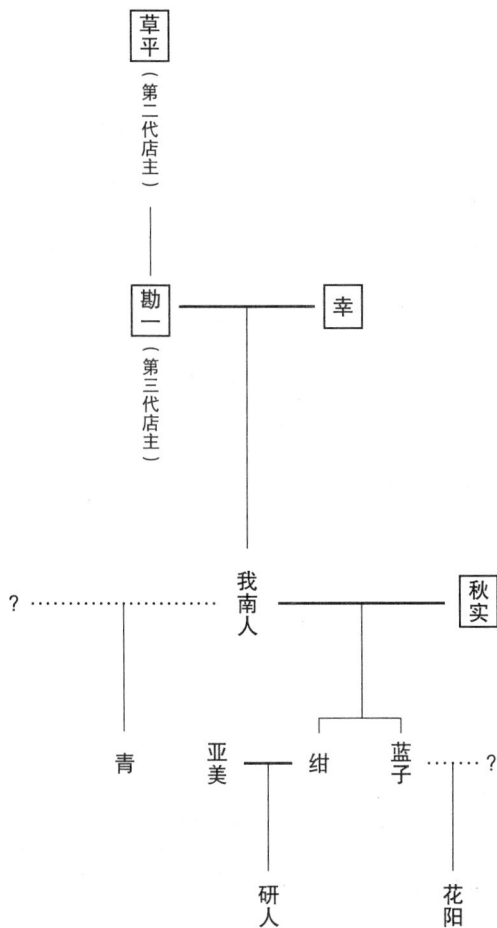

人物关系图

目 录

春　离奇消失的百科全书....................11

夏　两个媳妇的眼泪....................97

秋　鼠贼雅盗与被遗忘的胸针..................167

冬　一切都是为了爱..................219

摇
滚
爱
书
魂

有句古谚是这么说的：要是把地名讲了出去，土地公公可会搬走的哟！

　　净讲些老掉牙的话，让各位听得生厌，那就不好意思了。就说咱们这地方是在东京，附近有不少寺庙神社吧。

　　车站前的大街上虽然盖了不少大楼和时髦的商店，可只要随便拐进一条巷子，就有不少狭窄的小路，两旁全是一间间古旧的屋子，光是三个成年人并排着走，怕不就把整个路面给占满；有些巷弄甚至仅容一人穿行，顶多再来只猫儿勉强挤过。外地人来到这里，总要被这歪七扭八又错综复杂的小巷给弄糊涂了。这里多的是蒙上一层陈年厚灰的民宅和店铺，新屋子反倒显得醒目了。

　　不过呢，老房子还真是别有一番风情。长满青苔的围墙，爬满藤蔓和常春藤的墙壁，摆在屋前的盆栽，无不让人赏心悦目。连庭院的树枝也伸出墙外，在路旁撑开一丛

3

凉意，绿香扑鼻。

　　就在这条老街上，坐落着一栋摇摇欲坠的七十年日式老房子。这里便是经营古书店的"东京 BANDWAGON"*。

　　这店名挺怪的吧？听我公公说，明治十八年刚开张的那会儿，这商号还曾引来一阵啧啧称奇呢！

　　想当年，挂在屋檐下的那块金箔黑漆招牌可是神气十足；这么些年下来，受着风吹雨打，如今只是一块平凡无奇的木板了。现在的年轻人，不晓得以前的写法是由右往左，偶尔会听到他们站在门前仰起头来，像念咒语般念念有词地从左到右读着这块招牌"N-O-G-A-W-D-N-A-B 什么东西啊？"

　　虽说是卖旧书营生，怎么说呢，这年头已经不比往昔喽。就好比旧瓶也能装新酒——哟，这句话说来像唱歌似的——，最近开始兼营咖啡厅，店面就开在隔壁。

　　总而言之，咱们家唯一值得自豪的，就是那一股古意盎然了。

　　哎哟，真不好意思，到现在还没向各位问安呢。
　　这些日子以来，别人总瞧不见我，一时竟忘了礼貌。

---

* "BANDWAGON"意指游行队伍的领头乐队花车，延伸为引领潮流之意。

我是堀田幸，嫁入经营这间"东京BANDWAGON"的堀田家，算算也有六十年了。一甲子的岁月，总不会是一路风平浪静的。哎，老人家的想当年，还是留待以后有机会再说吧。

既然要跟各位讲咱们家的故事，总得先依序介绍家里的人才好。

店面的左边是古书店，右侧是咖啡厅，玄关位在屋子的正中央。来，请随我往古书店的里头走。瞧，端坐在最里边账台前的那位，头发花白，嘴里衔了根烟，还不时伸手往头顶抹一把的，正是这家古书店的第三代店主，现年七十九岁的堀田勘一。

这一位是我的丈夫。如您所见，身材魁梧，应该有九十公斤吧。尽管上了年纪，可脑筋和身体都还相当灵光。总想着他差不多是时候来陪我话当年了，可依这模样看来，只怕一时半刻还来不了喽。想想，也该感谢老天爷的厚爱。

您瞧着后面墙壁上的墨字挺有意思？那是咱们堀田家的家规：

"举凡与文化、文明相关的诸般问题，皆可圆满解答"

我的公公堀田草平在明治时代曾开了一家报社，无奈在政府当局的打压下，壮志未酬，于是决定回来继承家业。他认为，书中自有森罗万象，因而悟出了这层道理。家中到处都有公公亲笔提写的家规。喏，只消把满墙的旧海报和月历掀开来，即可瞧见留在墙上的许多家规。

比方说：

"书归其所"

"哪怕香烟之火都应时刻留意"

"早晚膳食需阖家欢乐用餐"

"热情敞开店门，万事自然顺心"

不单是这样呢。厕所墙上的是"不慌不忙，毋忘勤洗手"，而厨房墙上的是"掌中有爱"。还有些写在书架后面，瞧着只像随手记下的字迹。

有时不免心想：如今都什么时代了，还讲什么家规呢。可我们一家老小，还是尽可能遵守祖上留下来的训诲。

接下来，欢迎光临右边的咖啡厅。

这间咖啡厅，原先只是个用来堆放杂物的房间，可以穿过这里走到旁边的那块小花园。后来，把房里的木地板和玄关泥地的隔间给拆了，再摆上四处张罗来的桌椅，就这么凑合成一家小店了。

由咖啡厅的柜台往后走，也可以通往家里人起居的里屋。瞧，正在柜台后头冲咖啡和烤面包的，一个是我的孙女蓝子，另一个是我孙媳妇，阿绀的妻子亚美。

说要开咖啡厅的是亚美。这女孩才貌双全，笑容灿烂，还当过国际线的空姐。在接待客人方面，亚美自是经验老到，这家店可说是由她领着文静的蓝子一起打理的。至于蓝子，还有另一个身份是画家，咖啡厅的墙上挂着好些幅她的画作。说是自家人的吹捧也好，我瞧着这一幅幅全是生动优美的好画呢。

噢，挺惹人侧目的吧？坐在柜台前读着报纸的那个金发男子，是我的独生子我南人。

说来又像不怕臊了，一头长发染得金黄、身材修长的我南人，不仅拥有"传奇摇滚巨星"的美誉，如今仍常缔造出畅销金曲喔。

别瞧他今天那样一派悠闲地待在家里，已经是六十花甲的人了，却总是四处蹓跶，真要他安安分分待在一处，只怕他浑身不对劲。

暂且搁下这个浪荡子，请随我爬上进门正前方的楼梯吧。

哎呀，忘了提醒。您最好别踏到第一阶，直接往上跨，免得踩空跌了跤。

我的孙儿阿绀，正在二楼的一间房里抽着烟、敲着电脑键盘。他原先在大学里当讲师，不晓得什么缘故辞职离开了，现在的职业是自由作家。可惜收入微薄，这也是亚美开了咖啡厅的原因之一。

还有一个躺在自己房里床上看着漫画的，是我的另一个孙儿阿青，他是旅行社的约聘导游。这孩子很体贴，每次出门带团，总会买些当地土产回来给大家；麻烦的是，他连桃色纠纷也一并带回来了。团员里总有些女孩子对他一见倾心，旅程结束后会特地找上门来。把那些远道来见他的女孩好言劝慰回去，已经是堀田家见怪不怪的情景了。

说到这里，想必已耽搁您不少时间，很快就介绍完了，还请多多包涵。

太阳快下山了，屋前的对街传来一阵雀跃的谈笑和轻快的脚步声，许多放学回家的孩子们经过了"东京BANDWAGON"的店门口。

在这群开心的孩子当中，有一个是我的曾孙女花阳，她是蓝子的独生女；还有一个叫做研人，他是阿绀和亚美的独生子。花阳上小学六年级，研人是四年级，两个都活泼又调皮。他们表姐弟俩自小一块长大，就像亲姐弟一般。别瞧他们现下打打闹闹的，其实感情好得很。蓝子和阿绀的性格比较闲散，不问世事。或许就像俗话说的，歹竹出好笋。花阳和研人两个孩子倒是相当懂事，往后必定会出人头地。

最后一个是我，堀田幸。其实，我已在前年七十六岁的时候离开人世了。

不晓得什么缘故，我到现在还一直留在这个家里，也许是我向来关心儿孙们的缘故吧。自从嫁给勘一以后，日子总是愉快又有趣，眼下又添了这一桩意外的惊喜。

噢，差点忘记说了。孙儿阿绀的第六感向来很强，晓得我还待在这个家里晃悠。他偶尔会坐到佛龛*前，单独和我聊个几句。虽然咱们婆孙俩聊谈时，就和古早以前的老电话一样，断断续续的，还只能一个讲一个听，但仍然是一段快乐的时光。阿绀的这项异禀，似乎也遗传给了儿子研人，这孩子有时好像会察觉到我在旁边，只是我们没法交谈就是了。

我应该还会在堀田家待上一些时日，看看咱们"东京BANDWAGON"接下来有些什么新鲜事。如果您有兴趣，欢迎随我一道瞧瞧哟。

---

* 木雕小阁，日本一般家庭多半用以奉祀祖先牌位，与中国安放佛像的用途不尽相同。

春

离奇消失的百科全书

一

在这方偌小的院子里，种着梅树和樱树。

春天一到，简直就像歌里唱的一样，花儿一朵跟着一朵绽放，真是目不暇给。

樱花的树干虽长在咱们家的院子里，可枝叶却攀出了低矮的围墙，粉红的花瓣都飘到两间屋子外的邻家了。一年当中，也唯有这个季节，附近的巷弄全染上一片淡淡的粉红，仿佛罩着一层朦胧的薄纱。

落英缤纷尽管别有风情，随着时序入秋，换成了落叶簌簌，常会堵住蓄接雨水的檐沟，徒增不少困扰。这一带的人情味虽浓，最近这类问题仍会引来邻人的抱怨。所幸左邻右舍都是些老街坊，早在祖父那一代就是好邻居了。草木的花开花谢，大伙都当是天经地义，连掉叶子也说是季节嬗递的自然美景。

那株梅树下面还种着瑞香，樱树底下则是雪柳，花儿同样美不胜收。家里的院子虽是玲珑小巧，倒也争妍斗艳，热闹极了。

　　春暖花香的时节已过了大半，一个四月底的早晨。

　　每天早上，堀田家的餐桌总是闹哄哄的。

　　由古书店往里屋走，便是铺着榻榻米的客厅，中央摆着一张榉木的原木桌，听说是从大正时代遗留下来的。不消说，这张矮脚饭桌坚固得很，可也重得要命，每逢打扫时要搬动，总得费上好一番气力。

　　女人家和孩子们忙着把白饭、味噌汤、油菜花拌芝麻酱、炖马铃薯和昆布、荷包蛋、海苔片、豆腐、鲥仔鱼和酱菜一一端上桌。大伙入座后，齐声喊了句"开动了"。

　　吨位傲人的勘一，照例威严十足地端坐在上位，我南人和父亲隔着饭桌相对而坐。坐在勘一右手边的是花阳和研人两个孩子，阿绀、亚美和蓝子则一同坐在檐廊的那侧。阿青平常也和孩子们坐一起，这星期带团去夏威夷了。墙上的月历在明天的日期上画了圈，一旁还标着"青回国"三个字。研人扒了一大口饭，嘴颊塞得鼓鼓的，笑眯了眼睛望着月历。

　　"阿青叔叔明天就回来了吧？"

　　"是呀。啊，爷爷，那是乌醋！"

　　"你拜托阿青帮忙买了什么？"

　　"乌醋？不早说！我已经淋在海苔上面了啦！"

"阿青叔叔说会帮我从夏威夷带海外版的卡回来。"

"恶，看起来好难吃……"

"装乌醋的瓶子昨天摔破了，所以我拿了别的瓶子来装。"

"花阳，味噌汤里的葱花也要全部吃掉才行哦！"

"卡？什么卡啊？"

"但是，一样是葱，烤葱段很好吃，撒在汤里的葱花却半温不热的，不觉得很难吃吗？"

"奇异笔摆到哪去了啦？"

"在矮柜正中央的那个抽屉。"

"就是 MTG 的游戏卡呀。"

"研人啊——，爷爷问你——，MTG 是什么啊——？"

"爷爷！请别拿奇异笔在瓶身直接写上'乌醋'！"

"不写上去鬼才晓得这是啥！到底是谁干的好事？是谁把乌醋装到和酱油瓶一模一样的瓶子里啦！"

"是我。"

原来是蓝子哦。勘一顿时闷不吭声，默默地夹起沾满乌醋的海苔片，摆在白饭上裹起一口送进了嘴里。漫不经心的蓝子老是闹出这种纰漏来，真让人伤脑筋哪。

"唔，挺有洋味的，这样吃也不错嘛。"

哟，不会吧，再怎么想都很难吃。唉，勘一对孙女就是没辙。

　　堀田家吃饭的时候就像这样，不时有人找另一个人讲话，喧闹得很。若是大家突然安静下来，必然是所有人好巧不巧同时吃东西，而且，不晓得为什么，十之八九都是一齐喝起味噌汤来呢。

　　早上七点多。拉门才刚喀啦啦地推开，门前已经等着十来位老顾客，道早声此起彼落。

　　"各位早安！"

　　随着亚美欢快的问候，古书店和咖啡厅同时开门营业了。咱们家这条巷子是通往车站的近路，大清早，来来往往的人还真不少。

　　一早就等在门口的顾客，多半是那几位我也相熟的老人家，另外有些客人待会儿要赶去公司上班，也有几个揉着惺忪睡眼的学生。

　　这家咖啡厅开张到现在有六年了。原先只是想，既然咖啡厅已经营业，不如古书店也同时开门，没料到竟带来不少生意。一些上班族经过时，常顺手买本摆在店门口的五十圆、一百圆的口袋书，以便稍后搭电车时打发时间，这笔营收还真不容小觑。

　　有些顾客说是只想在咖啡厅里翻读，建议我们兼营租书生意。考虑到这些爱书人虽然买不起昂贵的旧书，却真的很想借来一读，于是谨守家规的勘一便依照每本书的价值订定了租阅费，好比每借一次五十圆或其他金额。

"早啊！"

正搬开了一大落旧杂志的是和勘一自小一块长大的祐圆兄。他是这附近神社的主祭，后来让儿子继承了这项家业，自己过着逍遥自在的日子。

对了，上回祐圆兄又带来了一只猫，名叫本杰明，原本是住在二丁目的初美嫂养的猫。初美嫂的身子愈来愈差，决定搬去和孩子一起住，只得擦眼抹泪地送走了爱猫。其实神社的院里也住着不少猫群，可初美嫂哭着央求祐圆兄，说什么都不肯让爱猫流落在外，于是祐圆兄就把本杰明送过来了。

咱们家里还有原先也是邻居饲养的玉三郎、娜拉以及阿凹，这回再加上本杰明，这四只猫就这么在家里悠哉游荡。

哟，有位生面孔的客人上门了。不巧蓝子和亚美都在柜台里忙活着，没留意客人进到店里了。只见这位年轻的女客抱着一只大提包，犹豫着该不该径自坐在空位子上。

"这位小姐，这里全都是自个儿来的喔！"

哎呀！不好意思，祐圆兄，谢谢您帮忙招呼。

"开水在那里，点餐先看那边的菜单，把想要的东西写在这张便条纸上，顺便留个名字，拿图钉钉在那里就好，做好了以后就会通知一声喽。"

祐圆兄不愧是当过主祭的人，待人和笑容都很亲切。年轻的女客向祐圆兄欠身致谢，祐圆兄也回了个灿烂的笑脸。

"哎，我看干脆我来帮你写吧！"

那位年轻小姐正要在柜台写下餐点时，冷不防从肩头伸来一只祐圆兄的手。

咦，我怎么觉得祐圆兄的眼神闪过了一抹色眯眯呢？该不会是我眼花吧。

话说，祐圆兄也真是的。亏他是信奉神道的主祭，怎瞧不见我还待在人间呢？别说没瞧见了，他甚至还在我的葬礼上，一脸肃穆地说"幸嫂已经去西方极乐净土了"——那不是佛教的讲法吗？

"请问……"

"要什么尽管说！"

"这是您府上吗？"

"我虽不住这，可也差不多是这家的人了。"

"请问这里是堀田青先生的府上吗？"

一听到阿青的名字出现，祐圆兄的动作登时僵住了。

"你要找阿青？"

"我想找堀田青先生。"

看来，又是一个和阿青纠缠不清的小姐了。祐圆兄绷着一张脸朝里屋大喊：

"喂！有客人要找阿青那臭小子！"

但凡有女人缘的男性，祐圆兄绝不给好脸色。亏他是神社的主祭，还真小肚鸡肠哪。

本杰明"喵"了一声。祐圆兄一把抱起本杰明，跨步上了勘一端坐的账台旁。

"哼，人世间为什么那么不公平呢？"

"干啥发起牢骚？"

"我真不懂阿青哪来的女人缘！"

勘一听完哈哈大笑，"那还用说？凭你这张尊脸，哪比得上咱们家的阿青咧？"

勘一说得没错。祐圆兄却闹小孩脾气，气得嘟起了嘴。我听人家说，祐圆兄年轻时颇受姑娘们青睐。这位神社的老主祭，该不会还巴望着走桃花运吧？

"对了，老勘，上次里民大会时不是有人提议吗？就是白天巡逻的事。"

"唔，是啊。"

"老人会那边也提了，希望赶快排出轮值表。我看不如咱们明天就别起臂章开始巡逻，你看怎样？"

这一带，向来都由居民每晚轮流出来提醒街坊"天干物燥，小心火烛"。大概是有人提议白天也开始排班守望相助吧。

咱们家出了玄关大门，往右拐有条巷子，隔着巷子的右边是榻榻米店的常本家，左方是一栋叫做"赤月庄"的公寓。

公寓的所在位置，从前是一家专卖妇女日用品的"赤月杂货铺"。记不得那是几年前的事了，总有个二十年吧，赤月兄收掉杂货铺，盖了公寓，改行当起房东来了。赤月兄嫌公寓冷冰冰的不好看，便沿着公寓墙边摆上一整排盆栽，过了这么些年，常春藤沿着墙面旋藤攀叶的，整片壁面除了几扇窗子口以外，已是满满的绿意。

玻璃拉门推开声喀啦喀啦地传来，对面的榻榻米店开门做生意了。常本兄开了门后就往这里走来，朝勘一和祐圆兄道早：

"早安。"

"早啊。天气不错。"

常本家的榻榻米店在这里已经经营了三代。我记得现任店主的常本幸司，约摸比勘一少上十岁左右，如今是多大岁数呢？有阵子他老是感叹，这家店大概到他这第三代传人手上就要关门大吉了，后来听说二儿子辞了公司，回来继承家业了。

"老常，来得正好！我们正在谈白天巡守的事。"

加上了常本兄，三个男人聊得更是起劲。

店里的客人愈来愈多，店门右边的那条巷子和这一带，也陆续出现了孩子们的身影，路上的行人渐渐多了起来。

花阳和研人提着书包走出玄关，向蓝子、亚美和勘一喊声上学去了，便与来接他们的同学们一起走向学校。

"早安！"

每天早晨和傍晚，看着这些朝气蓬勃的孩子们蹦蹦跳跳地经过，真让人心情愉悦，不由得嘴角上扬呢。

这年头不晓得怎么了，发生了不少伤害孩子们的事件，实在令人心疼。几天前小学也发了通知书回来，提醒家长附近出现了变态人士。听说花阳的同学还突然被人抓住手，险些给拖进车里去了。真希望这附近能常保安宁，怕只怕天不从人愿。

话说回来，瞧这一个个孩子多么活泼可爱呀。但愿我能守护他们平安长大。

❖　❖　❖

"久等了。"

方才那位小姐正坐在客厅的餐桌旁。阿绀和亚美一起走进来，在她的对面坐了下来。

"阿青现在去夏威夷了，还要过一阵子才会回来。"

阿绀朝月历那边偷瞄了一眼，不知道是谁早已收了起来。嗯，这叫心有灵犀一点通。

那位小姐一脸心急火燎地开口说：

"我前阵子参加了堀田先生领队的旅行团……"

"原来如此。"阿绀平静地应声。

家里的人早就习以为常了，还真算不清已经把多少位上门的小姐像这样请回去了。

关于这点，阿青自有一套说词：

"导游是我的工作，当然得尽力挤出最迷人的笑容，让客人留下美好的回忆，免不了也得灌灌几句迷汤，这都是为了多培养一些忠实客户嘛。不过呢，像那种会在旅途中爱上导游的女人，一定属于孤独又爱钻牛角尖的类型，不管是对我或是对公司都是个威胁，我一眼就能看出苗头不对，绝不会和那种人交往的。以后就算有女人跑来家里，宣称她和我已经私订终身还是什么的，肯定是个危险万分的人物，你们得快快赶走她才行！"

同为女人，听到这番话，真忍不住想朝他脑门敲上一记爆栗；可仔细想想，阿青说的也不无道理。

好了，眼下该拿这位小姐怎么好呢？

"在那趟旅行中，堀田先生和我说好要交往了，所以想先来向各位问个好……"

那位小姐说到这里，阿绀扬起右掌拦住了她的话：

"呃……我是阿青的哥哥——"

"大哥好！"

"等等，请先别急着高兴。"

"嗯？"

"事实上，坐在我旁边的是阿青的太太。"

"太太？"

那位小姐吃惊得嘴巴都合不拢了。当然，这是用来骗人的老招数了。亚美不慌不忙，正了正坐姿，铁寒着脸朝她欠身致意。

"我是堀田青的妻子亚美。请多指教。"

说来还望亚美别见怪，姿容妍丽的亚美一板起脸来，委实挺吓人的。街坊邻居都说，亚美生起气来，远比电影《黑道大哥的妻子们》里的女主角——知名女星岩下志麻，*来得可怕多了。

一般来说，事态演变至此，找上门的小姐多半就打道回府了。

阿青说得没错。依我看，说句不客气的，这位小姐的确像是爱钻牛角尖的人。何况她来的时候连阿青出远门了都不晓得，教人怎么相信他们准备交往呢？阿青也常说，假如他真交了女朋友，一定会先向家里报告的。这孩子看

---

* 岩下志麻（1941- ）：日本著名女演员，曾出演过《秋刀鱼之味》（1962 年）、《情死天网岛》（1969 年）、《孤苦盲女阿玲》（1977 年）、《燃草》（1979 年）等；《黑道大哥的妻子们》改编自女作家家田庄子同名小说，是部黑道复仇剧。1986年东映出品，导演五社英雄（1929-1992 年）。

似一副吊儿郎当，遇上正经事可也一板一眼的。

"可是，堀田先生从没提过他结婚了！"

"先不谈您对阿青有好感，还特地前来打招呼……，说来有些失礼，您和阿青应该根本没约定要交往吧？"

遭到阿绀的直言指摘，那位小姐顿时哑口无言。

"阿青应该只是告诉团员们，家里经营一家名叫'东京BANDWAGON'的古书店，也兼营咖啡厅，如果恰巧到了附近，欢迎各位上门坐坐吧？"

那位小姐轻轻地点了头。

"不好意思，我想您也看得出来，阿青挺有女人缘的，家里常有像您这样的小姐上门找人。那家伙其实也没什么恶意。您不妨听我的劝，赶快对那种不老实的男人死了心，好吧？既然您特地跑了一趟，不如顺便喝杯咖啡……"

那位小姐的肩头似乎有些颤抖，真可怜。一直板着脸的亚美大概也演累了，心想到这里应该能解除警报了，严峻的表情跟着放松下来。阿绀也松了口气，正准备再婉言劝慰几句时，突然传来低低的一句：

"……什么嘛……"

"您说了什么吗？"

"我说：什么嘛！"

那位小姐霍然站起身来，一头发丝甩得散乱，阿绀和亚美被吓得往后弹开。

"什么太太嘛！他从头到尾连一个字也没提过！满嘴甜言蜜语到头来居然是这样？我到底招谁惹谁了！说什么历代传承、引以自豪的商家，所谓的商家，难道——"话没说完，那位小姐已朝古书店狂奔过去，开口怒吼："难道就是这家破破烂烂的古书店？这什么鬼东西嘛！"

举凡映入她眼里的一叠叠书册，尽皆难逃被她或踢或扔的厄运。就连平时一旦动怒，即便是天皇老子照样开骂的勘一，也被这阵突如其来的举动惊骇得目瞪口呆。

"这什么烂书啦！滚开！"

临离开前，她被几本书给绊了脚，又是一把抓起往旁扔开。祐圆兄上前试图拦阻，顺便想拉她起身，岂料她又破口大骂："你这变态老头别碰我！死变态秃子少从我背后喷热气！这种鬼地方，我这辈子再也不会来了啦！"

祐圆兄愣得嘴巴大开，半晌都没阖上。在他后方的勘一也瞪大了眼睛，目送那位小姐离去。

"……变态老头……"

"她还说你是色眯眯的秃子哩！"

"她才没这样说！"

"啊，皮包皮包！"阿绀拿起那位小姐的皮包，慌慌张张地在她身后追赶。

亚美长长地叹了口气，摇了摇头。

哎，这位小姐的性子还真烈哪。这种事虽已屡见不鲜，

25

想想真是辛苦亚美了。我还在世时，把这些上门的小姐请回去可是我的职责，亚美也不是甘愿接下这份苦差事的。

虽说已过了这么些年，亚美嫁进这个家还真难为她了。其实，亚美的娘家可是个好人家，当初极力反对女儿和阿绀结婚，十年过去，到现在依然断绝往来。我在世时一直很希望两家能够言归于好，无奈最主要的原因出在我南人身上。说来，还真对不起亚美这个孙媳妇哪。

勘一无可奈何地摇着头，开始收拾被扔得满地都是的书籍了。他一面整理，琢磨着手上的书该放回哪里。尽管他各方面都还很硬朗，毕竟是快八十的人了，记性愈来愈不灵光，只怕他自己也有些气恼吧。

"咦？"

怎么了？他好像发现了什么异状。

"这是啥啊？"

勘一蹲了下来，审视着店门边角落那座书架的最下层。他放下了抱在手里的旧书，费力地从书架里取出了一本百科全书。

"品相挺新的嘛。"勘一皱着眉头看着百科全书，"是阿绀收购的吗？"

古书店由勘一和阿绀掌持，包括顾店、收购和上架也都由两人分工合作。勘一把手上的百科全书翻来倒去地检查，却没找到标价。这里卖的每一本书，书的最后一页都浮贴着价格标签，上面有咱们的店名。

"怪了，品相还这么新，却只有两本。"

定睛一瞧，百科全书总共有两册，是由大型出版社出版的，分别是从"あ～"和"な～"开头的，而且也都有书盒。

勘一纳闷地把百科全书放回书架，先着手整理散了一地的书本。大概是打算稍后再找阿绀问问吧。只是，不出所料，等他整理停当以后，早把那两本百科全书的事忘得一干二净了。

❖　❖　❖

过了九点，晨间的热闹便告一段落，周遭恢复了平时的宁静。

风和日丽的好天气，猫儿们也各自寻个好地方，悠闲地打起呵欠来，我南人也正在咖啡厅那里喝咖啡读报呢。

早些时候提过，我这儿子的职业是摇滚歌手。他待在家里的时候，多半像那样享受咖啡，或是抱着吉他大声弹奏，要不就是逗弄睡着的猫咪，几乎就和赋闲在家的老人没两样。

今天幸好阿青不在家，否则他和我南人一见面就斗嘴，有时大清早就先吵上一顿。说来不怕见笑，附近邻居都知道，这两人一闹起来，可是天翻地覆。要当摇滚歌手，体力可不能差，我南人多年来保持锻炼，至今宝刀未老；而身高一百八的阿青也曾加入足球队，体能自是不遑多让。这一老一少，一旦开打就是一场龙虎斗，谁也没法拦阻。打架的缘由，通常只是些鸡毛蒜皮的小事，真正的导火线另有其因。

老实说，阿青是我南人的私生子。

换句话说，阿青和蓝子、阿绀的母亲不是同一个人。我南人从没透露他的外遇对象是谁，只说她在生下阿青之后，就不知去向了。我不忍心阿青连亲娘都没见过，也担心往后不知道会掀出什么麻烦来，早前曾嘱咐我南人得寻出个下落才好，现在不晓得找得怎么样了。尽管有这么一层缘由，可蓝子、阿绀和阿青这三个孩子，简直比亲姐弟还要亲。

至于我南人的妻子秋实，虽不晓得她心里是怎么想的，仍是把阿青视若己出，给这三个孩子一样多的母爱。这么好的媳妇，真是打着灯笼都找不着。让人痛心的是，秋实在五年前突然生病过世了。我一直期待着能在黄泉路上见她一面，可或许身为媳妇的，总不想到了冥界还得遇上婆婆吧。

话说回来，我南人三天两头老往外跑，也许是刻意少和阿青打照面，让阿青在家里能过得自在舒坦一些。说来还真巧，每逢我南人出门晃游的那几天，多半是阿青没带团，待在家里的那一阵子。我南人明白，阿青的身世，使他比别人更加珍惜阖家和乐的时光，因此尽量不打照面，这可以说是一种父爱的表现。

"嗨——"

是谁来了呢？我南人扬起手来大声招呼，有个人随即在店门口欠身问候。我南人用手比了比，要他坐到自己身旁。

"要去上工了喔——？"

我南人的声音十分独特，高亢尖利还带点沙哑，偏又是个天生的大嗓门，即便没提高音量，也时常引来侧目。

"已经是上班时间了，不过九点到九点半可以休息一下。"

"是哦——"

这位客人我还是头一次见到，看起来和我南人的年龄相当，容貌温和，透着一股沧桑。蓝子送了咖啡过来。

"这是我女儿——"

"你好。"这位客人露出了笑容。

"他是我的歌迷，叫阿健，不久前还是个流浪汉哟——"

唉，这孩子又口无遮拦了，这种事怎好大声嚷嚷。

"爸爸，您小声些。"

"不打紧、不打紧——。阿健从人生的谷底力争上游，现在可是个有正当差事的人啦，对吧——？"

29

我这儿子虽没恶意，可说话从来不懂得拿捏轻重。只见那位客人也难为情地笑着抓抓头。

蓝子陪着聊了几句，得知原来他刚到这附近工作不久，偶然间在路上看到我南人，又惊又喜。听说他从二十来岁开始，就一直是我南人的歌迷。

"遇见我南人先生以后，让我回忆起当年的热血沸腾。"他笑着说。

想必他也曾热衷于摇滚乐吧。店里常有摇滚乐界的人士专程造访，真感谢大家对他的爱护。我这儿子虽不成材，唯一可以肯定的是，他做的音乐确实广受喜爱。

❖　❖　❖

过了中午，转眼间就到了三点。

蓝子和亚美坐在柜台边稍事休息，我也跟着在旁边坐了下来——让我陪你们坐一坐吧。

她们两人只差一岁。蓝子的性格，说好听些是稳重文静，讲白了是大而化之，拿现在年轻人的用词叫傻大姐。精明干练又开朗活泼的亚美，和冒些傻气的蓝子，可以说是一见如故，像姊妹般亲密。她们在先后生下了花阳和研人之后，更是有聊不完的妈妈经，凑在一起时总是开心地谈天说地。蓝子和亚美同样身材高挑，面容姣好，瞧着两位美人在店里张罗忙呼的模样，真是赏心悦目。

我还在世时，常帮着她们打理咖啡厅，煮些家常菜提供商业午餐，现在却只能像这样在一旁守护着她们，让我落寞了好些日子，直到最近，总算稍稍习惯了。

"我想试试看自己做豆腐。"

"做豆腐？听说不好做哦？"

"好像没想像中那么难。只要别太讲究形状，作法似乎挺简单的，味道也不错。'樵也之'那里的奶奶上回跟我提过。"

她说的是位在二丁目的染布手工艺品店"樵也之"的阿围嫂吧。对了，我也好一阵子没见到她了，待会去探望探望。她比我还小十岁，应该一切安好。

"可是，这样对杉田太太过意不去吧。"

就是说呀。咱们家后头就有间豆腐店，自己还做豆腐，实在说不过去。

"或是我们向杉田太太买豆子，请她教我们作法？"

"不如请杉田太太帮我们特制独家的豆腐？"

这倒是个好主意。做生意就该鱼水相帮，敦亲睦邻才是长久之道。

"我到家啰——！"

响亮的声音传来。研人回来了。亚美和蓝子笑着应了一声，欢迎他回家。

"如果有考卷或通知单什么的，记得拿出来喔。"

"知道了——"

研人在穿搭上自有一套讲究，儿童书包只在一、二年级时背过，现在上学时拎的是一只我南人用过的皮革提包，已经旧得褪了色，连我看了都觉得破烂，可研人却是爱得紧，只得由着他去了。

研人从提包里掏出了几枚纸张后，径自进屋去了。瞧着都是一些学校的通知单，比方"保健室通讯"之类的，其中还有一张是"父亲之友会"的简介。应该是学童的父亲们参加的聚会吧。

亚美看到那张简介后，抬眼望向蓝子，两人脸上都露出了有些不太自然的表情。

"花阳也会带这张回来吧？"

"是啊。"

"她这个年龄，开始有些自己的想法了吧？"

父亲之友会哦。的确有些棘手。

原因是，蓝子没有丈夫。她既没守寡，也不是离婚了，家里没人知道花阳的父亲是谁。蓝子独自生下花阳，一个人抚养她长大。近来称这样的女性叫单亲妈妈吧。

事情发生在蓝子大学毕业前夕。家里得知她怀孕的时候，全慌成了一团；最该震怒的父亲我南人，反倒心平气和地用一贯尖高沙哑的声音问她：

"你已经下定决心了吧——？"

蓝子毅然决然地回答了"是"。

父女俩对看了几秒以后，我南人又说：

"那就努力生个可爱的小 baby 哟——"

整件事情就此落幕。如此天大的事，就这么决定了？唉，虽说是我儿子，可摇滚歌手这一类人，未免太与众不同了，真不晓得该说是佩服，还是悲哀才好。

事后，任凭勘一和我再三逼问，蓝子始终不肯说出孩子的父亲是谁。这股硬脾气，大概也是堀田家的遗传吧。

不过，再怎么说，肚子里的孩子还是无辜的。花阳是我和勘一的头一个曾孙，生下来的时候体重虽然有些轻，幸好还是健健康康的，全家人疼爱万分。我南人嘴里没说，心里可是很疼这两个孙儿的。说也奇怪，这个标新立异、成天四处晃荡的爷爷，花阳竟也尊敬得很。

当花阳学校的活动需要父亲出席时，便由我南人爷爷，或是阿绀舅舅、阿青舅舅参加，有时连勘一太爷爷也可充上一角。家里有这么些个男人，不愁没人去。

❖　❖　❖

"百科全书？"

"是啊。"

现在是晚上七点半，堀田家吃晚饭的时间。比起一般家庭算是有些迟了，但尽量全家一起开动吃饭是堀田家的家规。古书店和咖啡厅都是约摸七点打烊，只有这个时间大家才能好整以暇地用餐。

到了这时候，勘一才总算想起这件事，问了阿绀：

"你最近有没有收购百科全书？"

"没有啊？"

"书架上有两本我没看过的百科全书哩。"

"在哪？"

"进门那个架子的最下面。"

阿绀一头雾水地趿上拖鞋，走去看了书架，不一会儿就回来了。

"没看到啊。"

"怎么可能，就在那里！"

这回轮到勘一起身去了店里。阿绀也跟了过去。

"瞧，没吧？"

咦，阿绀说的没错。我早上亲眼看到的那两本百科全书，全都不见踪影了。勘一歪着头，狐疑地闷哼一声。

"爷爷，拜托，您可别闹糊涂哦？"

阿绀讪笑着挖苦爷爷，但勘一仍是困惑地闷哼着，没做回应。我真想帮勘一作证：你爷爷可还没犯迷糊，书架上确实有那两本百科全书！无奈的是，勘一身为丈夫，却听不见我的声音，真教人泄气。

这件事实在有些古怪。难道我也老糊涂了？可人都已经死了，总不会愈来愈健忘吧。

一阵趿着拖鞋走路的声音传来，研人也跟着来到店里了。

"太爷爷，您看到的时候摆在这里吗？"

"是啊，就在那里。"

研人大概是听了太爷爷和爸爸的交谈，想来一探究竟。他蹲下来细看书架。

"怪了？"

研人抽出了一本上下颠倒摆放的书。是一本童书。这一排在最下面，放的都是些童书，方便孩子们自己拿出来看。

嗯，确实有些不寻常。勘一和阿绀绝不可能会把书颠倒放置；若说是顾客错放的，会上古书店的都是些爱书人，应该不会这么做。

研人歪了歪小脑瓜，把书转正了插回书架上。

事有蹊跷，可现下也无从追究起。倘若我有双千里眼，事情就好办了，可惜我办得到的，顶多是让没了肉体的身子飘呀飘地，飘上高高的天空罢了。

·

二

到了隔天，星期六的早晨。

学校照例没上课。研人吃过早饭以后，直接走到了古书店。他坐在账台架高的边框上，两条腿晃来荡去的，望着店门外。

店门外有什么好瞧的呢？我往他身旁一坐，研人的视线忽然转向我，歪着头给了一个灿烂的笑脸。难道他知道我在这里吗？我也朝他露出了满脸的笑意。

"你在干嘛？"花阳问了他。

研人回头应了一声："没干嘛啊。"

"在等人哦？"

花阳来到研人身边，往我身上一屁股坐了下来，端身正坐的我，就这么被挤了出去，弹到半空中了。当然，我已经没了肉身，所以也不会掉下来，于是使劲地转了个身，面向他们。飘坐在空中的感觉，其实挺舒服的。

花阳虽然好胜，其实心地善良又体贴，长大了想必是个性情直爽的好女人。

"也没在等谁啦。"

"嗯。"

"花阳姐姐,你没注意到吗?"

"注意什么?"

"就是最近有个一年级的女生,常常来我们家呀。"

"一年级的? 哪家的小孩?"

"转角那栋旧大厦。"

"那里哦。"

研人说的那栋大厦位在马路边,屋龄大概快二十年了吧。灰扑扑的外观看来相当老旧,不怎么好看。依稀记得我还听人说过,里面的管线都很旧了,在维修上发生了不少状况。

"我猜应该是住在那栋大厦的小女生。"

"所以呢?"

"没有所以了,就这样而已。"

"就算是一年级的女生来我们店里,又有什么关系,一样是客人呀。"

"不是那样啦,"研人嘟起嘴巴辩驳,"她每天上学时,都会绕进来店里一下。一溜烟地钻进来,待一下下,又马上出去了。"

"是不是来偷书的?"

"我想应该不是。可是,最近每天早上都会来一趟。"

"你说最近,那是从什么时候开始的?"

研人两只手抱在胸前，思索了一会儿。

"我想一想……。开学以后的第一周，不是都由高年级生陪着一年级生上学吗？我觉得好像就是从第二周之后开始的吧。"

"是哦。"

我也和花阳一样，没注意到这件事。早上咖啡厅那边忙得很，即使有个小女孩溜进古书店里，四周都有高大的书架挡着，大概也不容易看到。

花阳的嘴唇紧紧地抿成了一条线。每当她露出那种表情时，表示脑子里正在转着什么念头。瞧她那双浑圆的眼睛魅力十足，以后想必会出落得标致又俏丽。哎哟，我又忍不住夸起自家人来了。

"你听我说……"笑眯眯的花阳，把研人的肩头用力搂了过来。嗯，这是花阳打什么主意时，要把研人拉来当帮手的征兆。

"怎样？"研人默契十足地把身子凑上前去问。

"星期一，我们要提早出门，早饭要快点吃完喔！"

❖　❖　❖

家里一楼有客厅、佛堂 *、厨房和厕所，走廊的尽头还有

---

* 设有日式佛龛的房间。

一间厢房似的书斋。勘一先前是和我一起睡在佛堂里，我走了以后，他嫌麻烦，干脆把整床被褥搬进书斋，直接睡在那里了。勘一夜里看书时，往往看着看着就伏在桌面睡着了，亚美临睡前总得绕去书斋探一眼。

二楼的双开间住着阿绀、亚美和研人一家三口，四坪大的给阿青用，另一间六坪大的则是蓝子和花阳母女的房间。后来，阿绀和阿青利用空闲的时间做了双层床铺和书桌，把二楼的储藏室改装成花阳和研人的儿童房。等他们再大一点，希望一人一个房间时，再继续改造吧。到时候，研人应该就可以当个小帮手了。

夜里十点多，勘一准备出门和祐圆兄巡逻，阿绀和刚回来的阿青在客厅喝点啤酒，玩着西洋双陆棋。每逢阿青带团回来时，两人常玩这游戏当消遣。

蓝子和亚美正在厨房处理明天开店用的食材。两人一边聊着天，动作利落地切切削削的。

亚美已嫁来好些年了，回想起来，仍要佩服她当初居然有勇气和阿绀结婚。光想到阿绀的父亲是我南人，就够头疼的了。天底下大概没几个媳妇的公公是摇滚歌手吧。更别提上头还有个经营古书店、脾气顽固的曾祖父，家里又有个单亲妈妈蓝子，再加上私生子阿青，小说里错综复杂的人物关系简直全到齐了，真不知道她当年怎会愿意踏进这个家门呢。

玎玲当啷，挂在后门上的吊铃响了。

有个身材高大的人抱着一块板子似的东西，从后院的木门钻了进来。

"大家好。"

院子里传来一句带点洋泾浜的日语，应该是默多克先生来了。阿绀立刻起身打开了檐廊边的拉门。

"我送回来啰。"

"啊，谢啦，快进来、快进来！"

默多克先生是英国人，画室就在这附近。他非常喜爱日本的传统艺术，来这里读大学，算起来已经待在日本超过十五年了。他很喜欢这一带的老房子，在这边住了很久，可这种旧屋多半会拆掉重建，往往被赶着四处搬家。最近找到的这间房子似乎暂时不会改建，他总算能把画室好好安顿下来了。

默多克先生擅长版画和日本画，听说作品曾经入选美术展，是位画艺精湛的艺术家，可惜我是大外行，瞧不出个门道来。他和同为画家的蓝子很谈得来，有时也相邀一起作画。说穿了，默多克先生对蓝子很是倾心，我猜蓝子对他也颇有好感，只是不知道她心底是怎么想的。

"您来了呀。不好意思，老是麻烦您。"

"啊，蓝子小姐，你好。"默多克先生倏然涨红了脸，连宽广的额头也变得红通通的。

真是个性情温和又没心眼的好人哪。虽说头发有些稀疏，但以他三十六岁的年龄和蓝子相当般配，就不知道两人有没有这个缘分。

蓝子总说她这辈子不结婚了，可我想，若能遇上投缘的对象，她应该是愿意的。只是，毕竟她还生了个没爹的女儿，一时半刻也没那么容易觅个好归宿。

花阳已经上了六年级，十二岁的孩子应当懂得喜欢上一个人是怎么回事了。任谁都能一眼瞧出默多克先生喜欢蓝子，花阳应该也感觉到了才是。

"你这外国人又来啦！"

勘一刚从房里出来，劈头就骂人。哎哟，这么大声嚷嚷做什么呢。

"不好意思，打扰了，我马上就回去了。"

默多克先生每回上门总得挨骂，已经习惯了。

"别给我待太久！喂，我去巡逻了。"

勘一要去参加里民的巡守队，迈开大步出门去了。

不晓得为什么，勘一打从心底厌恶这位默多克先生，老说他讨厌外国人。我看他应该只是不喜欢男人接近蓝子，何况还是个洋人。我这丈夫的脑袋还真古板哪。

"阿青，你带团回来了哦。"

"嗯。你拿什么东西来？"

"就是上回托我修的屏风。阿青，又是被你打破的吧？"

"才不是我咧！"阿青笑着说。

怎么不是？就是被阿青和我南人弄坏的！不就是前阵子，阿青要去夏威夷前和我南人打的那一架弄坏的嘛。

三个男人相携出门去喝一杯。默多克先生不肯收修缮费，阿绀和阿青于是请他喝酒，当作回礼。他们也邀了蓝子同行，但蓝子仍是以隔天要早起的理由，扫兴地拒绝了。

穿着睡衣的研人和花阳，从二楼窗口看着他们三人从后门走了出去。咦，这两个孩子还没睡呀？

"默多克先生的头发，又变少了。"

真没礼貌。就算心里这么想，也不能说出口呀。

"没有吧，还是一样呀。"

两人趴在窗框边，下巴搁在交叠的手背上，笑了起来。

"花阳姐姐，你想让默多克先生当爸爸吗？"

哦，果然这两个孩子也提起这个话题了。大人们或许不怎么在意，孩子们却相当敏感。

"无所谓啊。"

"我也无所谓。"

"这样他就变成你的姑丈了唷。"

"随便啦。反正默多克先生很风趣，人也挺和气。"

他们关上窗，钻进了各自的被窝。

"也没什么不好的吧……"

花阳还在喃喃自语时，研人已经呼呼大睡了。

沿着"东京 BANDWAGON"门前的巷子往左走，在三丁目转角楼房的左手边有一家居酒屋"春"，开了有二十年了吧。小巧的店里约摸只有十五坪。

掀开店帘，推开拉门，美味的香气立刻扑鼻而来，紧接着传来的是老板娘真奈美的迎客声。真奈美是蓝子的高中学妹，如果记得没错，约摸三十三、四岁上下，这年纪就唤她老板娘，未免把人家给叫老了。这家店原先是她母亲春美和父亲胜明一起经营的，然而胜明兄已于八年前过世，而春美嫂这一两年来膝盖的关节炎又疼得厉害，没法再站着做生意了。不过，春美嫂膝疼好一些时，也会坐在椅子上做些菜肴，今天晚上倒是没瞧见她的身影，只有真奈美一个在柜台里笑脸迎人地接待顾客。

"默多克先生，难为你了……"阿青拿起酒瓶，为默多克先生斟了酒。

默多克先生端起酒杯接下，随口反问："怎么了？"

"就是你对蓝姐这么掏心掏肺的，她都没回应呀。"阿青带着歉意解释，阿绀也点头附和。

默多克先生的脸上不禁透出一丝落寞，仍然打起精神，微笑回答：

"没关系，大家都对我这么好，我已经很满足了。"

"真不懂我那老姐在想什么啊……"

我也这么认为。虽说是自家孙女，蓝子脑袋瓜里装的想法实在让人猜不透。

真奈美送上来三个小碗，里面盛的是浇上芡汁的芜菁。

"蓝子学姐从高中时代就是这样了。"

"是哦?"

真奈美点了点头，"她虽不算绝顶漂亮，但身材好，又有一种独特的气质，对吧? 听说有很多男生都想追她。不过，只要有人向蓝子学姐告白，必定会听到一句经典台词。"

"什么台词?"

"她会一脸严肃地回答:'我十年后再答复你。到时候请跟我联络。'"

真没想到，蓝子竟然说过那样的话。

"嗯，"阿绀想起来似地点点头，"我曾经听人说过。"

"那么，她十年后的回答是什么? 已经过十年了吧?"

大家都望向阿绀。

"谁知道呢?"他只耸了耸肩，"我真的不晓得啊。而且，她现在还带了个孩子……"

我这孙女还真是怪脾气。她大概是估忖着，假如过了十年，对方依旧没有改变心意，那就是真爱了。

"花阳也说了，她愿意让默多克先生当她爸爸。"

"真的吗?"

"真的，我没骗你，对吧？"阿青转向阿绀求证，阿绀也点了头。

"花阳成长的过程中没有爸爸，大概不会在意妈妈结婚的对象吧。"

"不见得哦。"

反驳的人是真奈美。她不大同意阿绀的话。

"为什么？"

"花阳已经上六年级了吧？这个年纪的女孩子，思想会忽然变得很成熟，也会开始思索很多事情，比方妈妈为什么会生下她？自己的亲生父亲又是个什么样的人？"

说得好、说得好！真奈美，请好好训一训这三个又愣又傻的呆头鹅！

"花阳是个心地善良的孩子，或许会刻意隐瞒自己内心的想法。"

听了身为女性的真奈美这番分析，三个男人这才茅塞顿开。

"我是不是应该尽量少去蓝子小姐家呢？"默多克先生沮丧地说。

"噢，我不是这个意思。我想，花阳应该很喜欢默多克先生，只是，若是要当爸爸，那又另当别论了。"

"是这样吗？"

"我的意思是，不要操之过急。做父母的若是我行我素，到头来受伤的总是小孩，得先站在孩子的立场着想才行。"

这话真是对极了。

看看时间，勘一大概出发了，我来瞧瞧巡守队那边的状况吧。

巡守队的队员应该都聚在里办公室搭的休息帐篷里。今年的帐篷搭在汤岛太太家的原址上。汤岛家早年是卖糯米丸的，听说先生过世以后，汤岛太太住进了养老院，不晓得现在过得好不好。往年每到春天，汤岛家做的樱饼和柏饼总让人想得嘴馋，他们把店收掉以后，我着实惋惜了好一阵子。

帐篷里吊着电灯泡，摆着开会用的桌子和折叠椅。桌面上准备了茶水和人家送来的甜点。看起来应该是二丁目"昭尔屋"的糕饼吧。今晚负责巡逻的勘一、祐圆兄和常本兄正坐着说话。看来，他们已经巡完了一趟，收拾一下准备回家了。

想我们那时候，来帮忙巡逻的人比起现在来得多，一入夜，店家和居民纷纷送来慰劳品，那阵子巡守队热闹得很，真不晓得大伙到底是来守望相助的，还是把酒言欢的呢。往事重提，不胜晞嘘，现在单要找到愿意帮忙巡逻的人，就得费上好一番功夫，到头来愿意出力的总是这些老面孔。

瞧他们七手八脚地收掇好了，大概要打道回府了。

"你家二小子回来接家业，上手了吗？"

"哎，还差得远哩。这年头也不好挑三拣四了，光是愿意回来接手，就该谢天谢地喽。"

"说得也是。"

三个人回家的路上边走边聊。这附近有许多家族经营的小店，每一家都面临同样的窘境。由于没有子孙愿意继承，只好收了店铺，老一辈的继续住在里面。这样的情形愈来愈多了。

"要不要去喝一杯？"

勘一提议，顺势钻进了"春"居酒屋的店帘。哎，阿绀他们还在里面呢。

"怎么，你们也来啦？"

"辛苦您们了。"

真奈美出声慰劳三位，送上了擦手巾，三位老人家动作一致地拿起湿巾抹脸擦手。

勘一随口提起："今天发现了一个形迹可疑的家伙。"

"可疑的家伙？"阿青反问。

"是啊。就那么傻愣愣地站着，望着某一户的窗户出神。"

"哎哟，该不会是变态吧？"

"在哪看到的？"

勘一说是一丁目的马路口那里。

"年龄大概六十上下，和我南人差不多吧。"

"我也觉得是那岁数。"

"这附近没看过的人吗？"

听了真奈美的发问，三位老人家同时歪了脑袋回想。

"我老觉得好像在哪里见过。"

既然勘一这么说，那就应该不是住在这附近的人。

"那，他做了什么？"

"没做什么，我们才要上前问问，他就快步走开了。一溜烟逃走虽然可疑，但他也没干下什么坏事。"

"那么大岁数了，总不会是偷窥狂吧。"

"不一定哟。那种事和年龄不相干。"

"也是啦。"

阿青点头称是，却被勘一白了一眼：

"你呀，还是想办法管管那些找上门的女人吧。"

"就说了，那又不是我惹来的麻烦嘛。"

阿青的长相非常俊美，不晓得像谁，应该是来自生母的遗传吧。从他诚恳的外表上，完全看不出其实是个轻浮的男人。或许这种极端的反差，恰恰成了致命的吸引力。

"阿青，我说你啊，"祐圆兄开口了，"女人呢，就该好好疼惜。只要你诚心诚意对待她们，往后的人生就能变得多彩多姿哩。"

"神社的主祭要什么多彩多姿的生活呀？"

阿青笑着调侃祐圆爷爷。就是说嘛。

"浑小子，神社的主祭也是人呀。要说我年轻时，就是诚心对待那些小蜂姑娘啦、真子姑娘啦，所以现在还能过上多彩多姿的日子哩！"

"唔，我怎么没听过她们？你今晚给我好好说个清楚吧。"

嗯，无论如何，对待女性的轻佻态度，可得改正过来才好。

三

离这里有一小段距离的那间大神社，每逢这个时节就会举办"杜鹃花节"。宽广的院里，几千株杜鹃花一齐盛开，缤纷的色彩教人看得眼花缭乱。年轻时，勘一常带我去欣赏，这几年赏花的人多了起来，我们就很少去了。

我忽然想起今天是杜鹃花节的头一天，刚才一个人溜去看了一圈。反正勘一老说"真不知去赏花的，还是让花赏人的"，自从我不在了以后，他也不再去了。

三叶杜鹃、雾岛杜鹃、麒麟杜鹃、紫杜鹃，品种繁多，美不胜收。旁边还有很多小贩摆摊，热闹极了。家里的孩子们也会来赏花，到时候我再随他们来逛一趟吧。

今天又顺利平安地度过了，结束了一天工作的大人们各自围桌而坐，放松一下。每到这时候，我总是坐在勘一的身边，因为他一旦坐定了就很少起身，这样我就不会撞到其他人了。

亚美帮大家端茶过来。

"来，爷爷，这是您的茶。"

"好。"

"啊，阿青买回来的巧克力还有，要不要吃？"

"那个夏威夷岛巧克力吗？"

"是夏威夷豆巧克力。"

研人和花阳从二楼下来。研人望向我这里，笑眯眯的。好，乖孩子。

"太爷爷……"

"嗯？"

"您上回不是提过，百科全书不见了吗？"

勘一一听，霍然朝自己的大腿猛拍一记。

"对！我又差点忘啦！阿绀！"

"什么事？"

"我没迷糊，真有百科全书哩！"

"真的？"

"可是呢，我刚去看过，又不见了。"

"啥？"阿绀一脸纳闷。

"太爷爷，我就是要跟您讲这件事嘛！"等不住的研人急着去拉勘一的手。

"这件事？"

"我知道那两本百科全书是谁的了！"

大家惊讶地探出了身子。是呀，研人和花阳后来暗中调查了几天。

"有个一年级的女生，每天早上都在书包里放两本百科全书，背来我们店里偷放到书架上。"

"是吗？"

"然后，等到放学以后，她又溜进店里，把百科全书放回书包，带回家了。"

"原来如此。"

"每天都这样吗？"

"每天都这样。"

"我压根没察觉。那小女孩的动作一定很快吧。"

"然后呢？"

"然后什么？"

"她为什么要这么做？"

"我不晓得。"

就是不知道，所以研人和花阳才要找大家商量嘛。

"那女孩没什么异样吧？"蓝子问了花阳。

"很普通啊。我也装作随口问了老师，老师说她有点文静内向，是个好孩子。"

"她叫大町奈美子，读一年级，住在第一大厦。"

"是四楼的四〇三室唷。"

"好像因为她爸爸工作上的需要，在五年前搬来的。"

花阳和研人一人一句，轮流说出两人尽力调查的结果。

这两个孩子确实遵守了家规"举凡与文化、文明相关的诸般问题，皆可圆满解答"的训示。近来这附近也发生了一些和儿童有关的问题，花阳跟研人都上了国小的中高年级，在这方面的调查已经有些经验了。

"百科全书与小女孩的谜团……"阿青把一颗夏威夷豆巧克力扔进嘴里，"应该是有什么苦衷吧。"

"不然谁会那么费事，背着两大本书来来去去咧？"

一屋子的人全陷入了深思，连一丝头绪也没有。

"百科全书是什么开头的？"

勘一第一次看到时是从"あ～"和"な～"开头的，之后发现过"か～"和"ら～"，还有"さ～"和"た～"等等，看不出有什么关联。

"这要是推理小说的情节，应该是某种暗号吧。"

虽然阿绀这样推论，但是小学一年级的孩子，哪懂得什么暗号呢。

"会不会是基于某种理由，有人每天都要来看那两册百科全书？"

"要说每天都上门的人，就只有祐圆了呀。"

"每天都固定背两本来吗？"

"对。"

"小学一年级生，背着两本百科全书，上学途中摆到店里，回家时再带走……"阿绀一字一句地说给自己听，望着天花

53

板思索。大家也跟着一起动脑筋，却想不出个所以然来。

"反正也没给店里带来什么麻烦。"勘一啜了一口茶，"小孩子嘛，说不定是和朋友玩些什么把戏，由着他们去也无妨。"

"就怕事情不是那么单纯。"

亚美说完，大家也点头附和。

半大不小的孩子，保不准会闹出什么事来。但愿只是淘气。

❖　　❖　　❖

大伙烦恼了一晚上，决定再观察两三天看看。

就这么过了三天。

事件的主角奈美子小妹妹，每天上学前会背着两本百科全书来到店里，摆到书架上；放学后再绕来拿走百科全书，放进书包里，赶着回家。店里由勘一和阿绀不动声色地留意她的进出，学校那边则由花阳和研人暗中观察她的行动，除此以外，没有任何异状。看起来应该是个乖巧的女孩，在学校每天都过得很开心。

放学后，偶尔也会看到她和朋友在这附近跑来跑去玩耍的模样，我也曾看过假日她和爸妈一起经过神社的情景。看起来是个平凡的家庭，没有什么特别的。

"我实在想不透哩。"勘一纳闷地说道。

研人和花阳也学着将手抱在胸前帮忙想，连阿绀、蓝子和亚美同样百思不得其解。

"没发现有人专程来看百科全书啊。"

"早上本来就没什么客人。"

"这个小女孩是个乖巧的孩子，也不像是恶作剧，到底是为了什么目的，非这么做不可呢？"

大家跟着喃喃复诵：为了什么目的？

"目的……"阿绀讷讷说着，接着往下讲，"一年级的小女孩，怎么想都不可能为了芝麻绿豆的理由，天天扛着重书自讨苦吃。"

"是呀，"亚美赞同阿绀的想法，"小小的身躯，光是背着两本百科全书就很重了。"

"一定很重吧。"

勘一开口吩咐：你们谁去店里找本百科全书来掂一掂。阿绀正要起身，倏然停住没动。

"怎么啦？"

阿绀是不是想到什么了？瞧他一动不动地思忖着。

"一定很重吧。"阿绀嗫嚅地说。

"很重呀。"蓝子说道。

"重点不在目的，而是方法。"

"啥？"

"啥？"

阿绀坐了回去，得意地笑道："那个奈美子小妹妹背着百科全书，有什么好处？"

"好处？"

"能有啥好处啊？重得要死。"

研人突然啊了一声，咧嘴笑着说："太爷爷！就是因为很重呀！"

"我刚说啦，重得要死。"

"不是啦！"研人沾沾自喜地看着大家。瞧他那表情，简直和阿绀一个模子印出来的。

"奈美子小妹妹就是想靠百科全书让自己变重一些，好处就是增加了重量呀！"

"想要变重？"

原来如此，这话有道理。不过变重了以后，能得到什么好处吗？大家纷纷露出了不置可否的神情。

"研人，妈妈我可一点也不想变重哦？"

"你为啥说这话时要看我？"

"噢，爷爷，我没在看您。"

"变重了以后，又能怎么样呢？"蓝子问了阿绀。

"这个我还没想到。"

听到阿绀的回答，大伙显得有些失望。

"不，你们听我说。我似乎能够体会，奈美子小妹妹用了这种让自己变重的手段，特地背着百科全书来到我们店里的理由。我只是还没弄懂，她非得那么做不可的原因。"

勘一眯起了眼睛，说道："什么目的啊、手段啊、理由啊、原因啊，啰哩啰唆的一大堆，你给我好好讲清楚！"

"明天，"阿绀意有所指地笑了，"我明天就会找出她的理由给你们看。"

喜欢故作神秘，真是阿绀的坏毛病哪。

到了隔天。

奈美子小妹妹今天照例在上学前绕进店里。她悄悄地进来，从书包里拿出百科全书。我也蹲在书架旁，仔细看她拿来的两本书，今天是"さ～"和"ま～"开头的。当然，已在店里的勘一和蓝子、亚美都装作没看见。

奈美子小妹妹敏捷地溜出店外，朝学校跑去。真佩服她居然找到了如此隐秘的角落。这套流程她大概已经做得很熟了，一气呵成，每个动作都精准到位。希望这段经验，能对她未来的人生有所助益。

"然后哩？接下来要做啥？"

勘一看奈美子小妹妹走了以后，问了阿绀。阿绀将她摆在书架上的百科全书抽了出来。

"爷爷，请帮忙保管好。"

"这样好吗？"

"没关系。接下来就等小妹妹中午放学回来了。"

到了中午，花阳和研人一起提早回家了。怎么回事？这两个孩子该不会是身体不舒服吧？

蓝子和亚美有些紧张地问他们："怎么了？"

研人和花阳无辜地对看了一眼，回答："是爸爸交代的呀，他要我们今天在一年级放学前提早回来。"

看来是阿绀打了电话去学校，佯称家里有事，让他们两个提早回家。

"为什么？"

"我哪知？"

"是为了把奈美子小妹妹邀来我们家问个清楚。"在二楼的阿绀听到了楼下的声音，走了下来说道。

"请小妹妹来我们家？"

"这年头社会这么乱，总不好由我开口要小妹妹跟我回来吧。"

阿绀说得不无道理。接着，阿绀带着花阳和研人，直接去对面的常本家借个角落等候奈美子小妹妹放学。常本兄，不好意思哟。

没多久，奈美子小妹妹步履轻快地沿着小巷子跑了过来。她来到古书店门口，停下脚步，小心翼翼地打量四周的情况。那样子瞧着让人有些不舍。然后，她走进店里。

百科全书当然已经不见了。

奈美子小妹妹惊讶地张着嘴，睁大眼睛到处找，却怎么也找不着。那懊悔的模样真叫人想出声安慰。只见她一双眼睛泪汪汪的，哎哟，千万别放声大哭呀。暗中窥看情况的勘一同样满脸的忧心。

终于，奈美子小妹妹转身离开了。唉，瞧她垂头丧气的，连脚步都十分沉重。守在对面的三个人也跟着行动了，准备跟在她后面走。我也随他们一起去探一探吧。

奈美子小妹妹没精打采地走着。阿绀、花阳和研人跟在小妹妹的身后，当然，还有我跟在后头。眼看着大厦就在不远的前方了。小妹妹快要走进大厦了，但阿绀到现在还没有采取任何行动。他到底有什么盘算呢？

奈美子小妹妹到了大厦门口，在自动门的前方停下了脚步。然后，就站着不动了。

怎么了呢？她进不去吗？奈美子小妹妹低着头，一动不动。

"好极了！我猜得没错！"阿绀兴奋地紧握了双拳。

他让研人和花阳把那两册百科全书还回去。

"去吧，把书放回小妹妹的书包里，请她下午三点来家里吃点心。"

看到奈美子小妹妹终于走进大厦，我总算明白了。原来是这么回事呀。

四

"自动门？"

"是啊，自动门。"

"为什么自动门没开呢？"

阿绀把录影机沿路跟拍的画面，播出来给大家看。

"门真的没开耶！"

就是呀。方才，奈美子小妹妹之所以站在大厦门口迟迟没进去，正是因为自动门没开。

"因为这栋大厦是很久以前盖的，采用的是感压式自动门。"

"什么叫感压式？"

"只要踏上那块门毯似的东西，机械受到压力，就会启动开关，把门打开。现在几乎看不到这种东西了，只剩下一些老旧的大厦或高楼，还继续使用这种类型的自动门。"

"好像有看过。"

"可是有些自动门，里面的机械已经旧了，体重太轻的小孩踏上去不会有反应。"

"噢。"

"这样哦。"

大家终于懂了。

"奈美子小妹妹因为个子小、体重轻，就算站在感应垫上，自动门也不会打开，所以才会把百科全书放进书包里，以增加自己的体重。可是两本厚书毕竟太重了，没办法一路背去学校，于是想到途中借放在我们的书店里，回家时再顺道带回去吧。"

"原来是这么回事呀。"

想必她曾经做过各种实验吧。先是寻找自己背得动，还能摆进书包里的重物；找到了百科全书以后，又试过一本行不行，最后才发现要两本才够重。我仿佛能瞧见她努力的身影，嘴角不由得露出了笑意。之后她又看到咱们家满屋子都是书，心想暂时摆在这里应该没关系吧。

不过，想到这里，又浮现了一个疑点。大伙也和我一样，先是豁然明白过来，旋即又冒出了一个问号。

即便她体重不够，也可以全身跳起来，用力往下一蹬，自动门应该就会打开了呀。奈美子小妹妹看起来挺健康的，腿脚应该都没什么毛病。

阿青也问了阿绀同样的问题。

"所以，这部分只能请奈美子小妹妹本人来解答了。"

❖　　❖　　❖

时间到了下午三点。

"您好。"

一个可爱的声音从古书店那里传来，听得勘一笑眯了脸。奈美子小妹妹怯怯地走了进来。接着从屋里发出一阵啪嗒啪嗒的脚步声，花阳和研人跑进店里。

"快进来、快进来！"

花阳牵起她的手、研人轻推着她的背，一前一后地护着她进了客厅。毕竟还是一年级的小孩子，要是咱们大伙排排坐轮番问话，想必会把她给吓坏的，因此只由蓝子带着花阳和研人一起听她的解释。

其实，还有阿绀躲在隔壁的佛堂竖耳聆听，坐在账台里的勘一也留神着背后的交谈。不好意思，我也在蓝子的旁边坐下来一起听听吧。

家里难得有小客人，特地买了蛋糕回来，奈美子小妹妹一看到蛋糕就笑逐颜开，花阳和研人也乐得沾光同享。

蓝子先问奈美子小妹妹上学开不开心？随意聊了一阵，让她放松下来以后，蓝子才切入正题。

"关于百科全书……"

吃着蛋糕的奈美子小妹妹点了头。

"你是为了让自动门打开，才特地背在身上的吗？"

"嗯。"

"我们没有生气，但不可以像这样擅自把书放在店里面哟，万一弄丢了怎么办呢？"

"我知道了。"奈美子小妹妹听话地点点头。

"那么，你为什么会想到要带百科全书呢？如果用力踩门垫，门不会开吗？"

奈美子小妹妹的表情顿时黯淡了下来，"因为伯伯会生气嘛。他说那么用力踩，会把门踩坏的。然后他说要帮我一起踩，就把我抱起来，把门踩开了。"

"伯伯是谁？"

"就是管理员伯伯。"

管理员。应该是指那栋大厦的管理员吧。

"所以我才会带着书。"

"你不喜欢那个伯伯吗？"

奈美子小妹妹歪着头想了想，说："是不讨厌啦，伯伯还满亲切的，可是他每天都会等我回来，好像有点怪怪的。"

在店里细听客厅谈话的勘一，顿时起了疑心。阿绀也皱起了眉头。

奈美子小妹妹聪慧又伶俐，她把老师说要留意举动可疑者的提醒，全都听进去了。

"特地把她抱起来，的确不太寻常。"抱起胳膊的勘一嘀咕着。

就是说呀。奈美子小妹妹同样感觉有些奇怪，但又犹豫着该不该把管理员伯伯举动怪异的事告诉妈妈。因为那个管理员伯伯在其他时候都很和蔼，小妹妹似乎也知道大厦里的邻居都说他很尽责。

"真是个聪明的孩子。她晓得万一自己把这事说出来，一定会掀起风波的。"

"是呀。"

"为了不惹出麻烦，她采取的自保策略就是百科全书。"

"话说回来，那个管理员的问题，可不能坐视不管哩。"

大家若有所思地点了头。如果只发生过一两次也就罢了，还可以用他喜欢小孩的理由解释过去，可是每天都特意等奈美子小妹妹回家，情况就不单纯了，也难怪小妹妹会起疑。当然，前提是全盘相信奈美子小妹妹说的是实情。

"好！我去探上一探！"

"爷爷，又还没确定人家有问题。"

"我知道，只是去拜见他的尊容罢了。"

勘一是个道地的江户人，性子急得很，根本不听蓝子要他等一等，早已迈步出门了。

"怎么没人看店哩——"

勘一前脚才出门，我南人就扬起尖高的声音进门了。

他每回都这样，两手空空地来来去去，真让人纳闷到底上哪里晃荡去了。我总是想着下次一定要跟踪他弄个清楚。

"嘿，大家全凑到一块啰——！出了什么麻烦吗——？"

我南人弯下了修长的身躯，坐到矮桌边的老位子上。蓝子起身去厨房里泡茶。二楼传来花阳和研人以及奈美子小妹妹的笑声，我南人望着声音传来的方向，脸上笑开了花。

"家里有小客人——？"

阿绀把整件事说了一遍。虽然阿青和我南人不对盘，但阿绀和我南人却很合拍。一来，两人是亲父子，加上阿绀年少时又一度对音乐极度热衷，由衷体悟了我南人的专业才能，从此对父亲肃然起敬。只是，我南人根本没尽过父亲的本分，想来就叫人摇头。

"那个奈美子小妹妹住的大厦，是那一栋吗——？"我南人抬起长长的手，指向背后。

"就是角落那栋第一大厦呀。"

听到蓝子的回答，我南人点了头，双手缓缓地抱在胸前。

这时，外面传来凌乱的脚步声和勘一大喊一声："喂！"

下一秒，勘一和我南人两人同时开口了：

"那个当管理员的家伙，就是上回的偷窥狂啦！"

"那个管理员伯伯，想必是我的朋友阿健——"

"阿健?"

大家都诧异地反问,只有蓝子想起来是谁,点了点头。应该就是上回我南人介绍给蓝子认识的那位男士吧,我还记得呢。印象中是位慈眉善目的人。

"谁?你的朋友没几个好东西!"

"确实没错——"

哎,说这种话可会没朋友的哟。

"他不久前还是个流浪汉呢——"

是呀,上回我南人好像提过这么回事。

"总之——先找他来问一问吧——万一误会他也挺无辜的。假如他真打算动什么歪脑筋,也得把他导回正途才行啰——"

我南人决定,当天晚上等阿健下班以后,邀他喝个两杯。

整起事件,原是听从勘一的发号施令,眼看着被我南人抢走了主导权,勘一有些不高兴,可对方既是我南人的朋友,也只好让他去盘问了。

勘一略作沉吟,抬眼望向阿绀,开口唤了一声:

"我说,阿绀。"

"什么事?"

"事情闹大可就麻烦了。你先去调查一下,奈美子小妹妹的爸爸妈妈是什么来历背景。"

"得令!"

阿绀心里明白，这时候得帮爷爷做做面子，于是笑着依照吩咐起了身，穿过咖啡厅出门了。

咦，这不是默多克先生的声音吗？

我探头瞧一瞧咖啡厅，只见默多克先生正坐在桌边喝着咖啡，身边摆着某个店家的纸袋，大概是刚去买东西回来。他望着窗外的小院子，开心地微笑着。

我还记得，默多克先生头一回来家里，同样是在春暖花开的时节。他当时的日语不若现下这般流利，结结巴巴地问了我，院子里的樱花真是太美了，可不可以让他在这里写生？那时候，研人才刚出生不久，花阳也还是个小不点，她那天一直待在默多克先生身边，专心看他作画呢。

时间是下午四点半。花阳和研人已经把奈美子小妹妹送到家，两人又一起回来了。进门后，研人直接进了里屋，花阳顺势走到默多克先生的桌边，轻巧地坐下。

"花阳，午安。"

"午安。你买了什么？"

"我买了一些画材。要看吗？"

"嗯！"

花阳毕竟是蓝子的女儿，对于画图和美劳等美术方面似乎颇有兴趣，经常上默多克先生的画室玩。瞧，眼下也兴致勃勃地想看默多克先生的画图工具呢。

　　和默多克先生谈天时的花阳，看来无忧无虑的，旁人见了都明白她很喜欢默多克先生。即便默多克先生和蓝子结了婚，成为花阳的爸爸，我想应该也不会有什么问题，就不晓得他们本人有什么想法。我这边什么忙也帮不了，只能在一旁祈求一切顺顺利利的。真是皇帝不急，急死太监喽。

　　亚美端了个盘子过来，"默多克先生，这是没做好的奶油蛋糕，不嫌弃的话请用。"

　　"噢，亚美太太，谢谢。"

　　"花阳，你也要吗？"

　　"嗯！"

　　默多克先生和花阳一起吃着奶油蛋糕，聊得十分开怀。亚美从柜台里望着他们两人，脸上带着微笑，不由得轻轻说了一句：

　　"他们应该可以成为一家人，没问题嘛。"

　　我也这么认为。

❖　❖　❖

　　蓝子正在准备晚饭时，花阳和研人从二楼下来，却只看到一间空荡荡的客厅。阿绀和我南人都不在了。花阳和研人去店里找太爷爷，古书店也已经打烊，连防雨套窗都关妥了。

"怎么都没人？"研人发问。

蓝子苦笑着回答："今天家里的男生都去'春'居酒屋吃饭了。"

是呀，一伙人全跟着去听我南人的朋友阿健先生是怎么解释的。研人和花阳一齐抗议起来，无奈接下来只能交由大人们解决了。

这样的情况，研人和花阳已经体验过很多回了，他们都明白抗议无效，干脆闭上嘴巴。研人更是大模大样地往勘一的座位一坐，说今天晚上这就是他的位子啦。

"春"居酒屋的空间不大，柜台至多坐五个人，偌小的桌位顶多坐上两组客人，就把整间店挤得满满的了。

我南人和他的朋友阿健先生坐在桌位上，柜台前有勘一、阿绀、阿青，以及大概是凑巧在场的默多克先生。我还看到祐圆兄和常本兄，这两位上回夜里巡逻时和勘一一起发现了形迹可疑的阿健。光是这些人，已经把位子统统坐满，几乎把整家店都包下来了。

当然，邀阿健前来的只有我南人一个，其他的人全都装作碰巧来到店里，实则在柜台那边拉长了耳朵，细听他们两人的交谈。

老板娘真奈美似乎也察觉到情况有异，始终没说半句话。

"这家店什么都好吃，你以后可以多多光顾——"

"我来过一次了呢。"

我南人看向真奈美，真奈美也点头表示阿健先生说得没错。桌上摆着几碟小菜，其中一道应该是味噌春笋吧，还有那个炸楤木芽，看起来真美味。

"我说，阿健呀——"

"是。"

"我有点事想要问你——"

"什么事呢？"

我南人那张细长的脸，倏然往前一凑。

"你认识一个叫大町奈美子的小妹妹吗？"

阿健先生的表情顿时僵住了。过了几秒，他点了头。

"是我们那栋大厦的住户，大町先生家的女儿吧？"

"你有什么事要找那个小女孩吗——？"

"什么意思？"

我南人把百科全书的事从头说了一遍。阿健先生一直仔细聆听，等到我南人讲完以后，他叹了一口气，头垂得低低的。

"这张老脸真是没处摆。我压根没察觉那孩子的感受。"

"我说，阿健啊——"

"是。"

我南人皱起眉头，说道："我这人虽没什么长处，可至少还有识人之明哟——。该怎么说呢，就是能看出一个人的 soul 吧——？我可以感觉得出来——"

一旁的勘一低声嘟囔着："什么 soul？我还苏联咧！"*

"我知道阿健不是什么可疑的家伙，一定是另有隐情。你愿意说给我听吗——？"

阿健先生点了头，接着朝店里环顾了一圈，站起身来说道：

"看来，给各位添麻烦了，真的非常抱歉。"

原来这一屋子的人，早被这个阿健先生给看穿了。

阿健先生深深地鞠了个躬，勘一这群人也喃喃讷讷的，不知说什么好。他坐了下来，面向我南人，开口说道：

"我接下来要讲的事，希望各位能帮忙保密。"说着，他的视线朝所有人的脸上扫了一圈。

"没问题——，这些人没别的，就是口风紧。真奈美，你说，对吧——？"

包括真奈美在内的所有人，全都用力地点头。阿健先生轻轻地叹了气，下定决心说道：

"其实，奈美子是我的孙女。"

"孙女——？"

———————

*"灵魂"（soul）和"苏联"两词的日语发音接近。

阿健先生有些尴尬地点头，"那是二十年前的事了，我原本在千叶县开了一家小公司，和太太生了个女儿法子，一家三口住在一起。"

阿绀压低了声音，告诉勘一：阿健提到的法子，就是奈美子小妹妹的妈妈。

"说来实在丢人，我当时想扩大生意规模，结果一败涂地。虽然拼了命再站起来，生意却丝毫不见起色。最后，我扔下家人，一个人逃走了。"

阿健先生打算寻短，他选择跳河自尽。不幸的是，不，该说幸运的是，他熟悉水性，没能死成。

"结果，我吓坏了。"

尽管活着也只是丢人现眼，可阿健先生不敢再次尝试轻生。

"我寄了离婚申请书给太太，开始到处流浪，待过一个又一个乡镇。所幸身体还算健壮，在做得动的范围里，四处打打零工、帮忙捕捕鱼，就这么活到了这把岁数。"

他似乎说得渴了，低声致歉后端起啤酒杯，喝了一口，再往下说：

"约摸两年前吧。我到这里帮忙盖房子，恰巧遇见了一位老朋友，他以前也常来家里走动。"

阿健先生从那位老朋友的口中，听到了家人的近况。原来，太太接到他寄来的离婚申请书后，搁了一阵子才送去登记。不过，太太之后没有再婚，独自一人把女儿拉拔长大。

"那位老朋友说，我太太在三年前生病，死了。"

"请节哀——"

我南人和阿健先生有相同的际遇。一想到当年的变故，我的胸口不由得一阵哽咽。

那位老朋友告诉阿健先生，他的独生女法子过得很好，现在三十岁，已经结婚生子了，凑巧的是就住在这里。

"听到这些消息后，我忍不住哭了。我这个自私鬼，真不知道该怎么向太太谢罪才好。事到如今，再做什么都于事无补了，但我还是去给她上了坟，痛骂自己的愚蠢，其他的什么都说不出口了。这几十年来只顾着逃避现实，我还算个男人吗？"

阿健先生的眼眶好像有些湿湿的。说来的确是自私，可他的心情我能够体会。我南人也点着头。要说自私，我南人的任性妄为，远远在他之上呢。

"到了这把岁数，身子不如从前，连意志也跟着薄弱下来了。"

阿健先生卑微地希望，能够看女儿一眼。

"起初，我只是站得远远地看着她。根本没那个脸上前告诉她，我是她爸爸。"

他说，离家出走时，女儿才十岁左右。

不晓得他女儿还记不记得爸爸的长相呢？二十年的岁月，想必改变了阿健先生的容貌。或许女儿就算见到他，也认不出来吧。

"我偷偷地躲在暗处，看着女儿夫妇俩牵着孩子走在路上，那模样幸福极了。女儿的丈夫看起来人品不错，我就放心了。我唯一的盼望是她能过得幸福，永远过着安稳的生活。原本这样我就心满意足了，可是多看了他们几次以后，愈来愈渴望能亲手抱一抱孙女奈美子，哪怕只要一次就好。但是自己也明白，那是个不可能完成的梦想，甚至连做那种梦的资格也没有。"

最后，他终于忍不住向老朋友吐露了心声，那位朋友也能了解他的心情。可是，如果想要完成那个梦想，阿健先生首先必须脱离目前的生活，挥别过往的日子，彻底改头换面才行。

"那位朋友帮了我很多。他帮我找到工作，还借我钱租房子，让我在这里住了下来。到了今年春天，我偶然得知那栋大厦在找管理员。"

"所以你那天晚上才会站在那里呀？"

这回不是我南人，而是勘一提高了嗓门问道。阿健先生看向勘一，点点头。

"说来实在丢人……"

阿健先生说，那天晚上喝点小酒后正要回家，经过大厦附近，忍不住抬头望着女儿家的窗口。他看着流泻出来的灯火，想着里面的一家和乐，一时出了神。

"当我看到和当年的法子长得一模一样的奈美子，那小小的身躯，站在自动门不知该怎么办时，竟情不自禁地把她抱起来，并且告诉她，再大一点，就可把门踩开了，在那之前，由伯伯帮着她踩。"

阿健先生紧咬着嘴唇，懊悔地说，自己实在太鲁莽了。

"光是能够看着他们，就该满足了；光是能和他们待在同一栋大厦的屋檐下，就该感到满足了。一个抛弃家庭的人，能有这福分，就该跪谢老天爷了。我很明白，现在的生活已经是上天的恩赐。"

阿健先生再次向大家躬身致歉。众人陷入沉吟，各自或举起酒杯，或持筷夹食。原来他有这么一层苦衷哪。

"您女儿，真的没发觉吗？"

从方才就面色凝重地听着阿健先生自白的默多克先生，忽然开口了。大家纷纷抬起头来。

"虽然很多年没见了，毕竟是亲父女吧？管理员和住户总会碰到面吧？"

众人转头看着阿健先生。

"我想，法子应该没发觉吧。每回只要看到她出现，我就会尽量想办法不和她打照面，而且过了这二十年，我的样子也变了很多。"

"应该不至于完全没感觉吧。"

说话的是真奈美。

"不好意思，我这不相关的人从旁插嘴。您女儿，是叫法子小姐吗？或许还没发现您是谁，但应该隐隐约约有点感觉哦。"

"我也这样认为。"

"你这外国人，懂啥呀？"

"这和是不是外国人，没有关系。我的爸爸，也曾经离家出走。"

大家全看向默多克先生。这还是我头一遭听他提起。

"那时候我还小。他忽然不见了。剩下我和妈妈两个人，相依为命。等到我长大，上大学的时候，我爸爸才突然出现。他用了化名，可是我马上就知道是他。"

"他为什么会离家出走？"阿绁问道。

默多克先生苦笑着回答："我爸爸喜欢上别的女人，和她去了很远的地方。后来那个女人死掉，爸爸觉得孤单，才想起我们，所以想回来看看我们。"

"还真是个自私的家伙哩！"

"是啊。我当时也么认为。我很生气地告诉爸爸，我从小没有他在身边，一直很寂寞，爸爸听了也流下眼泪向我道歉。就算他再怎么道歉，都不值得原谅，可是我——，嗯……那句话……该怎么讲呢……"

默多克先生的日语虽然已经很流利，但偶尔仍会遇上一些措辞和语句，不晓得正确的用法。

"没有恨他的办法？好像不太对……"

大伙纷纷帮他想。最后是阿绀为他解了围。

"没办法恨他？"

"对对对，就是这句。我们一起相处了几个小时，说了很多话，也听对方说了很多话。这段时间里，慢慢有一些熟悉的感觉冒出来。该怎么说呢？就是某件小事、某句话、某个动作，会让我觉得很怀念，很高兴。我心想，噢，毕竟我们是亲父子呀。原本以为我都不记得了，其实爸爸一直都留在我的脑海里。"

我想，这就叫父子连心吧。

"我爸爸很内疚，他说能够见到我，已经满足了，还向我道歉，说再也不会来打扰我了，然后就走了，不知道去哪里了。我后来找了他很久，找到他以后，我告诉他：如果他愿意搬到我附近住，我可以常常去看他喔。还告诉他，妈妈说，虽然还没办法原谅他，但是假如爸爸不讨厌我们，也可以来看看我们。爸爸听了，哭得很大声。他很高兴，然后又向我说对不起了。看到他的反应，我也一样觉得很高兴，流了一点点眼泪。"

店里一片悄然无声。

"人，有时候会做错事，甚至不可原谅。不过，能够原谅他的，或者虽然没有原谅，但是能够陪在他身边的，我想，只有父母子女，还有家人了。"

说得真好，我也希望大家都能这么想。只见祐圆兄点头如捣蒜，阿绀朝默多克先生的肩头拍了一记，连勘一也把嘴抿得紧紧的。

"唔，你那件事算是喜剧收场……但不是每一个人都能得到同样的结果吧？世上的人可不是一个个都这么心软哩！"勘一把杯里的酒一饮而尽，"你叫阿健是吧？你的苦衷我都了解了。这秘密会帮你守住，绝不跟别人讲。往后你多留点神吧！我很能体会你想待在女儿和孙女身旁的心情，可今后还是低调点，别再惹出风波来，好好过你的小日子，这样比较好吧？"

勘一的声音里罕见地充满温情。阿健先生听完，微笑地点头答应："您说得是。给您添麻烦了。"

"那个，我说……"勘一转向祐圆兄说道，"那栋大厦的管理公司，不就是那一间吗？"

祐圆兄听了，双手猛拍了一下，"哦，你说的是筱原家的少爷吧。"

"对对对，你去帮这个阿健讲个情呀，让他后半辈子都能留在那里当管理员啦。"

这恐怕有点强人所难，可祐圆兄还是点头答应了。

"这就叫 LOVE 呀——！"

陡然大叫一声的是我南人。在他只是照平常的音量说话罢了。

"干啥突然来这么一句？"

"抛家弃子的男人也好，被扔下不管的家人也好，双方的心灵都受了创伤啊——。想要让那个伤口慢慢痊愈，只能贴上一片名为 LOVE 的 OK 绷啊——！"

尽管大家对我南人这种莫名其妙的言行已经习以为常了，可包括勘一和阿绀在内的所有人，无不露出困惑不解的神情。

"阿健啊——，这样真的好吗——？"

"我……"

"你心里没法平静吧？不能好好地过你的小日子吧？这样，会被奈美子小妹妹一直当成怪叔叔的哟——！她对你的记忆，就会永远都是被这个怪叔叔猛然一抱，受到惊吓的印象啰——？被心爱的孙女这样误会，阿健和小妹妹双方不都太可怜了吗——？"

听到我南人的慷慨陈词，勘一的双肩陡然架得高耸，破口说道：

"怎么，你又想干什么啦？该不会是想把大伙全找过来，晓以大义让他们和好如初吧？这事哪像你想得那么简单啊？喂，阿绀！"

"我在。"

79

"奈美子小妹妹的爸爸妈妈，就是这个阿健的女儿，你查得怎么样了？"

阿绀缩着肩头，恭敬地回答："他们夫妻的感情似乎很好。先生是在区公所工作的老实人，挺和善的；太太也很会持家，还在那家'丸八'兼职打工。"

"丸八"是开在车站前的那家超级市场。

"我不着痕迹地问了问和她相熟、一起在超市兼职的其他太太。当年父亲抛下了她的事，果然还是在法子小姐的心里留下了疙瘩。最重要的，法子小姐还告诉人家，她觉得父亲可能已经死了。"

"你看，我说得没错吧！像你这种成天游手好闲的家伙，哪能了解人家的苦处。就算你再东想西想搞些什么名堂，也是没用的啦！"

我南人抬头望着天花板，沉吟了半晌，然后开了口：

"老爹——"

"啥事啦？"

"你说得对——。像这种难题和棘手的事，就不能叫LOVE了哟——"

正当我南人打算接着说什么的时候，店门突然喀啦啦地被粗暴地拉开了。大家吓了一跳，转头一看，只见亚美站在门口，神色十分慌张。

"啊，真奈美，不好意思！"

"怎么了?"阿绀立时站起身来。

"花阳……"

"花阳怎么了?"勘一和我南人也跟着站起来了。究竟发生什么事了?

"花阳不见了!"

五

"到底是怎么加事?"勘一大声逼问。

由于花阳冲出家门后不知去向,大伙赶紧分头到附近找人。亚美跟在勘一身后,一边小跑步一边回答:

"她和蓝子姐吵架了。"

"吵架?"

吃完晚饭后,蓝子把回条交给了花阳。就是上回那张"父亲之友会"的通知书。她把回条上的"不出席"选项圈了起来。往常这类活动,家里总有人会去参加,可不巧那一天大家都分不开身。这场聚会的用意,也只是让学生的父亲见个面,互相认识一下罢了,就算不去也没什么要紧的。没想到问题出在后头。

"花阳真是的,不晓得想什么。她看着回条,忽然冒了一句'其实,请默多克先生代理出席也可以唷。'"

"啥?"

勘一骤然煞住了脚步。紧跟在他背后跑着的亚美就这么砰的一声，一头撞了上去。

"花阳那家伙，真那么说了？"

"是呀，就是这样，母女俩才闹翻了。"

原来是这么回事。结果这两人就这么一人一句，吵起来了吧。既然是这样，嗯，我大概晓得花阳的去向了，容我先走一步喽。眼看大家急着到处找人，虽说过意不去，可我也没法通知他们哪。

哎，果然在这里。

和咱们家中间只隔着一户邻居的高崎家旁有条巷子，穿过那条巷子就到了隔壁邻里，那里有一间老旧的出租公寓。要说屋龄嘛，或许比咱们家还要老，歪斜的屋顶教人瞧着胆战心惊，现在里头已经没住人了，屋主品川先生只把一楼租给了一对姓明神的年轻夫妻开花店。

绕到那间公寓的后面，有道楼梯可以爬到二楼的晾衣廊，很多人都知道附近的猫儿喜欢窝在那里，白天常有好些只猫悠哉悠哉地在那里晒晒太阳打打瞌睡。不过，毕竟那是别人家，不好随意上去。只是我晓得，有几个喜欢猫的小孩，常来这里逗猫玩。不瞒您说，其实我也时常来这里打扰，和猫咪们一起打盹呢。

花阳怀里抱着最乖巧的玉三郎，沮丧地缩坐在晾衣廊上，眺望着夜空。看起来似乎没哭，还是已经哭过了呢？

我也挨着她坐下。真希望能听她吐吐苦水，可我眼下什么忙都帮不了，真急死人喽。

花阳抬头望着月亮，轻轻地叹了一声。

咚咚咚，登梯声传来，有人爬上来了。花阳颤了一下，全身僵硬。

"花阳——，怎么啦——？"

温柔的沙哑声响起，接着是一头金发的我南人出现了。原来他也知道这地方呢。花阳喃喃地唤了爷爷。我南人依旧弯着腰，哟的一声钻上晾衣廊，坐到花阳的身旁。

"大家都很担心哩——"

花阳缓缓地点了头，抚着玉三郎的背。玉三郎轻轻地喵了一声。

"我没跟家里说一声就跑出来了。"

"离家出走可是年轻人的特权哟——！要是上了年纪才干这事，就会被当成失踪人口了啰——。趁年轻，多做几回吧——！"

哎，不可以跟孩子讲这种没个道理的事！

"那个'父亲之友会'……"

"嗯——？"

"就是学生的爸爸们组成的团体。"

"嗯嗯——"

两个人仰望着夜空，聊了起来。

"我对妈妈说：'请默多克先生参加不就行了！'"

"哦——"

"结果，妈妈突然板起脸来训了我，说那种话不准随口乱说！"

"噢——"

"她说，这世上只有一个人是你爸爸。我立刻回嘴：那我爸爸到底是谁呀？其实，我根本不想那样说，我原先打算说的是：如果妈妈喜欢默多克先生的话，可以和他结婚，没关系呀。"

"原来如此——"

"后来我又顶撞妈妈：别把那种连是谁都不能说的人塞给我当爸爸！说完突然脑中一片空白，居然又加了一句：为什么要把我生成那种人的小孩！"

"你这样说哦——"

"然后就被妈妈打了耳光。".

"吵架是年轻人的特权哟——。要是上了年纪再找人吵架，那就成了犯罪行为啰——"

唉，又在教坏小孩了。

"花阳想要有个爸爸吗——？"

我南人问完，花阳微微歪着头想了一想。

"还好吧。"

"如果有，比较好吗——？"

"没有也无所谓。反正家里有太爷爷、爷爷、阿绀舅舅、阿青舅舅，大家都在。"

坐在地上的我南人，转身低下头来，端详着花阳的脸。花阳也抬起头来。

"花阳现在的年纪，已经可以明白什么是LOVE了吧——。所以，我想，你应该明白蓝子，你妈妈她当年谈的那场恋爱，这辈子不会再有第二次啰——"

"这辈子不会再有第二次？"

"那是一段轰轰烈烈的LOVE，就算这一生再也没办法爱上别人，她也心甘情愿哟——。而那段轰轰烈烈的LOVE的结晶，就是花阳啰——"

"我？"

我南人笑眯了眼睛点头，"你这张可爱的脸蛋、修长的身材，还有纯洁的心灵，这一切全都是蓝子和那个花阳没见过的爸爸，他们两人的LOVE所制造出来的哟——。这就叫LOVE呀——！"

我南人这番话乍听似乎棒极了，可又有一股说不出来的怪。反正我从来都没能弄懂我南人讲话的逻辑。不过，瞧花阳一脸凝肃，似乎正在思索爷爷方才的话。

"只要有LOVE，就算两人分隔两地，看不见对方，彼此的心中还是有LOVE哟——"

这时，下方传来一阵凌乱的脚步声，只见研人在楼下指着上面，紧接着，阿绀和勘一也来了。看来，他们已经找到花阳喽。

"我们走吧——。要是大家全爬上来，这里就要被压垮啰——"

在我南人的催促下，花阳站起来了。玉三郎在她的怀里又喵了一声。

"喵得好——。LOVE 就得喵出来呀——！"

他在讲什么呀？连花阳也困惑地歪起小脑袋瓜。

❖　❖　❖

"伤脑筋耶。"

真稀奇，都已经大半夜了，蓝子还坐在咖啡厅的柜台边喝着东西。亚美也坐在她旁边一起举杯啜饮。我看到一只大玻璃瓶了。哦，原来她们喝的是家传酿造的梅酒。

"这年纪的孩子，果然想得比较多呀。"

"嗯。我虽有心理准备，但还是被她吓了一跳。"

不知不觉间，孩子就这么长大喽。

"可是我猜，默多克先生一定一直在等着蓝子姐开口吧。依他的个性，应该不敢主动开口的。"

"是呀。"

"不好意思，我多管闲事了。"

亚美笑嘻嘻地说。蓝子跟着无奈地笑了。

"我明白。默多克先生是个好人，我也想过，如果和他在一起，一定会过得很快乐。"

我想，要不要踏出这一步，还是取决于蓝子自己。

"能不能再给我……，再给我一点时间呢？"

"有何不可？反正花阳和蓝子姐都把心里的话说出来了，暂时没什么芥蒂了吧？"

"也对。"

重重的脚步声传来，接着是勘一出现了，板着一张臭脸。怎么回事呀？

"爷爷还没睡吗？"

"怎么了吗？"

勘一站得直挺，一派威严地瞪着蓝子。

"我啊——"

"是。"

"最讨厌的就是有外国人跑来家里！"

蓝子轻点了头。这句话勘一已经讲过很多遍了。

"不过呢，要是成了一家人，那就另当别论了。既然成了一家人了，也没办法啦。还真没想到，那小子对别人的痛苦，挺能将心比心的嘛。那样的家伙，唔，反正就是那样的家伙啦！你去跟他讲，以后他来家里，我不会再骂他了啦！"

说完，勘一一个转身，又踏着重重的脚步回房去了。

原来，他特地来找蓝子，就为了讲这个呀。

蓝子和亚美面面相觑，噗哧一声笑了出来。

❖　❖　❖

过了忙乱的这一天后，转眼间到了星期天。

约摸上午十点多，勘一端坐在账台里，蓝子和亚美稍事歇息，阿绀在打电脑，回到家的阿青和花阳跟研人三个正在打电玩游戏。

"唔？"

勘一先出声了，蓝子和亚美也跟着咦了一声。阿绀、阿青、花阳和研人接连抬起头来。

"这个声音是……"

是呀，不晓得从哪传来的吉他声。不光是吉他声，还传来鼓声和贝斯声，也就是整个乐团演奏的乐音，不知打哪里送了过来。而且，这首乐曲，连我也很熟悉，再加上这个吉他的音色……

"是老爸……"阿绀喃喃地说。

没错，可不是我南人的吉他声嘛。一群人全走出了店外。不晓得从哪里随风飘来的音乐，音量大得吓人。常本兄也出来探瞧了。哟，连祐圆兄也一溜小跑地来了。

"喂喂喂，怎么这么热闹啊？"

大家一齐凝望着声音传来的方向。

"那声音……"

勘一先开了口，蓝子跟着接口道：

"应该是从奈美子小妹妹住的大厦传来的吧？"

一行人连走带跑地冲了过去。愈接近那栋大厦，音量愈来愈大。定睛一瞧，奈美子小妹妹的大厦四周已经围起了人墙，一个个全都望着上空。

"在屋顶？"阿青喃喃地说。

"而且还是《ALL YOU NEED IS LOVE》*？"阿绀也跟着嗫嚅说道。

咱们来去瞧个分明吧！

哎，果然不出所料。我南人正在屋顶上痛快地又弹又唱的。打鼓的是阿本先生，弹吉他的是阿鸟先生，他们都是我南人乐团的伙伴们。我见过他们好几回喽。

屋顶上来了很多人，应该都是这栋大厦的住户吧。有些人一脸的不耐，也有人在用脚打着拍子。哟，奈美子小妹妹和她的父母亲，也挤在人群里呢。

---

* 《All You Need Is Love》为英国乐队披头士的一首单曲，由约翰·列侬创作。当时英国广播公司邀请乐队为英国写曲，乐队在 1967 年 6 月 25 日的直播节目 "Our World" 中首唱此曲。

不久，阿健先生慌里慌张地跑上来了。他今天休假，大概是接到电话后，从家里赶过来的。只见他满脸惊讶，朝正在演奏的我南人奔了过去。我南人不由分说地抱着阿健先生的肩头，继续他的演出。

"那小子在搞什么啦!"

勘一顶着一张苦瓜脸，却隐约透着几分喜色。他向阿绀和阿青吩咐了一声："喂，你们帮忙收拾善后!"说完就走了。

"得令!"阿绀和阿青先耸耸肩，然后点头应允。

"那，后来怎么样了?"

"哪还能怎样!托了那个傻瓜的福，警察也来了，连累咱们无端遭受盘查哩。"

勘一和祐圆兄正在账台前，拿我南人前天在屋顶上开演唱会的事聊得起劲。换作是个年轻人，抱着吉他在路边唱歌，倒还没什么问题，可是一整个乐团在户外擅自大弹大唱的，也难怪人家要报警处理。

当然，这一带的街坊都认识我南人。这场突如其来的演唱会，有人欣喜若狂，自然也有人抱怨连连。我南人的演唱结束后，阿绀和阿青便挨家挨户赔罪去了。

至于大厦这边，则由蓝子和亚美出面，向每一家住户致歉。我也随她们同行。唯独奈美子小妹妹家，我南人说什么也非跟去不可。

❖ ❖ ❖

　　蓝子和亚美在玄关道歉后，奈美子小妹妹立刻向蓝子问好。她的父母有些讶异问她认识这位阿姨吗？

　　"我们家的女儿和儿子，也和小妹妹上同一所小学，前几天他们曾一起玩过。"

　　"啊，她说去了古书店玩？……"

　　"是的，就是我们家。"

　　幸好小妹妹的父母都知道我南人是谁，不但没生气，反倒非常惊喜，直邀他们进屋里坐坐。

　　我想，我南人早就料到自己得以受邀进屋。不知道接下来他有什么盘算呢？

　　"没想到我南人先生居然就住在附近！"

　　奈美子小妹妹的爸爸，名叫大町功，而妈妈正是那位法子小姐。

　　"我一直住这，打从出了娘胎就一直一直住在这里啰——，我只熟这一带而已哩——"

　　大町先生和法子小姐看起来有些紧张。但凡知道我南人的，见到他大抵都是这样的吧。

　　"我这人啊——是个懒骨头，没什么重要的理由，可不会随便开演唱会哟——"

　　"噢……"

"不过呢——，我今天说什么都非唱不可——！"

"这样呀。"

"可是，为什么要在我们家的屋顶上呢？"

夫妻俩接连问道。任谁都会有此一问吧。

"是为了 LOVE 呀——！"

"嗄？"

蓝子和亚美已经见怪不怪，在一旁没吭声。她们只能等我南人说个过瘾以后，再想办法收拾残局了。

"这里的管理员叫阿健，是我的朋友喔——"

"啊，原来如此，您刚才一直……"

阿健先生一直被我南人抱着肩，说得精准些，他根本是被我南人使出的碎颈功勾住了喉咙，动弹不得。

"你们不知道他的名字吧？阿健，叫做健一郎喔——。他的名字是，健一郎。"

法子小姐喃喃地复诵着"健一郎"三个字，脸色倏然有些异样。她应该还记得吧？

"这个阿健呢，已经颓废了好一段时间啰——，不过他改过自新了，现在很认真哟——。以前他曾经伤了一个人的心，现在就算道歉也于事无补了，可他很希望能够守在那个人的身旁——"

"噢……"大町先生看起来满头雾水。

"当然啦，有些事是不值得宽恕，甚至是不可原谅的。

不过哩，不管是奈美子小妹妹也好、你们夫妻也好，甚至是上了年纪的我或是阿健，未来都还有很长的路要走哟——。如果一直怀恨在心，其实也无济于事呀——。憎恨不会孕育出新生命来，只会让那股恨意一直延续下去。这样太灰暗了，太灰暗了啊——。未来的路，还是亮一点比较好哟——。嗯，亮的比较好。就算过去曾经吃过苦，还是抱着正向乐观的想法才好，没错吧——？"

"呃，您说得是。"

"讲完了。"

"啥？"

"我是为了大家，才办了那场演唱会的哟——，希望大家都能快快乐乐啰——"

"噢……"

"讲完了。打扰啰——。不好意思，吵到大家啰——"我南人把想说的话讲完，便站起身来，"奈美子小妹妹，欢迎来爷爷家玩，家里有研人和花阳可以陪你玩哟——"

我南人笑嘻嘻地对奈美子小妹妹说，小妹妹点了头答应。

❖　❖　❖

"那，后来，怎么样了？"

"谁晓得啊。那个混蛋儿子，把大家搞得团团转，然后又不知上哪去啦。"

"还是老样子哪。"

勘一使劲地猛搓着头："不过，大概只能帮到这里了吧？那位太太再怎么迟钝，总该明白了。之后的事，就顺其自然吧。"

"奶奶。"

阿绀坐在佛龛前面。不晓得现在能不能和他说上话呢？

"辛苦你喽。"

"真是累死我了。老爸那毛病，有没有办法改一改啊？"

"大概到死都改不过来吧。那位阿健先生呢？后来怎么样了？有没有生气呢？"

"据说奈美子小妹妹的爸爸，去了管理员室。"

"哦，她爸爸去找他了？"

"小妹妹的爸爸似乎一点就通了，推测大厦的管理员或许就是妻子的父亲。"

"这样啊。然后呢？"

"他说，妻子好像之前已隐约猜到了，但是只放在心里，没说出来。他请阿健先生暂时维持现状，再等一阵子，他会等时机成熟时，再和太太提一提。"

"真的呀，那不是很好吗？"

"算是圆满收场啰。"

"是哪。"

"奶奶也别太操心这边的事了，否则可没办法去到西方极乐……咦？结束了喔？"

唉，看来，又没办法继续聊了，还真是不方便哪。阿绀也苦笑起来，往佛龛上的小铜锣敲了一下，发出清亮的声响。

嗯，总之，这事算是告一段落了吧。

夏

两个媳妇的眼泪

一

住在咱们屋后右边的那户是田町家。他们种在院子里
的枇杷树，每年总是结实累累，今年同样引来了成群的乌
鸦争啄果实。

每一年，当乌鸦又把屋瓦踩踏得喀答喀答作响，总是
提醒着我：它们来吃枇杷的时节又到喽。田町家的孩子们
都住在外地，家里只剩下两老，因此研人时常拿着竹竿，
爬上田町家的晾衣廊帮忙挥赶乌鸦。

院子一隅的紫阳花已经转红。看来，今年又是个炎热
的夏天。牵牛花差不多是时候旋蔓长叶，绽放娇颜了。这
是当年为了让我南人写暑假作业，特地栽种的。后来包括
蓝子、阿绀、阿青，一直到花阳和研人，家里的孩子每逢
暑假，全拿它写观察纪录，算得上是历代传承的宝贝呢。
不过，这几年下来，花阳和研人似乎也写得生腻了。

哦，差点忘了，不久前我也去了趟牵牛花市集。只是
呢，就算看到硕大美丽的牵牛花，也没办法买，实在可惜。

不过，能去瞧瞧看看，也够赏心悦目的喽。

　　季节嬗递，梅雨已过，太阳的威力一天胜一天，转眼间就过了七月中旬。

　　这天一早就是晴朗的好天气，气温逐渐升高。敞开的檐廊吹进了舒服的风，嘈集的蝉鸣也跟着送了进来。

　　蝉声中，从屋后左邻的杉田家侧门，传来他家媳妇的声音：

　　"蓝子姐——！豆腐渣，要不要？"

　　"噢，不好意思，谢谢你唷！"

　　在这里开豆腐店的杉田家，现在是由第三代接手经营了。听说刚开店那时候，堀田家的祖辈曾和他们闹得不愉快，说是家里的古书会沾上豆腐渣的臭味什么的，不过，那都是很久以前的事喽。

　　我想，很多人应该都知道，刚滤出来的豆腐渣真是美味可口。虽然不是天天都有，但杉田家经常送我们加菜呢。

　　到了堀田家的早饭时间，一如往常，那股热闹劲比起蝉鸣声可是毫不逊色。

　　"阿绀哥，下次出团，你可以跟我一块去吗？"

　　"妈妈，玉三郎没什么精神耶。"

　　"喂，蛋啊！给我一颗生鸡蛋！"

　　"带团？要去哪几个点？"

"它昨天晚上到我房里睡在棉被上，到现在都一直趴着没动静耶。"

"这是酱油瓶吧？"

"豆腐渣还热乎乎的，好好吃喔。"

"哎呀，玉三郎怎么了？"

"咦？阿青叔叔不是说今天要去意大利？为什么会在这里？"

"要去六个点。我最近肩膀酸痛得要命，提着包包走路很吃力。"

"玉三郎已经上了年纪，真让人担心呀。"

"噢，要我去当书僮？"

"喂，这个，是酱油吧？"

"那一团取消了。所以我暂时会待在家里。"

"爷爷，那是酱油没错。"

"酬劳不多，可反正你窝在家里也有好一阵子了吧？"

"爷爷！您在蛋汁拌饭里淋太多酱油了！会死翘翘耶！"

勘一那碗饭已成了黑糊糊的一团。打从以前他就是这毛病，每逢吃蛋汁拌饭，非把每一粒米都裹满酱油，否则绝不善罢甘休。

"别管我，反正老人家剩下的日子也不多了，随我高兴就好。喂，阿青！"

"什么事？"

"既然你待在家里，就和阿绀一起把书库里的书拿到院子里透透风。横竖黄梅天也过了。"

大家一齐从檐廊望向了院子。亮晃晃的晨光十分耀眼。看来，今天又是一个大晴天。

书库的门扉敞开着。

坐落在院子里的书库，是从创业沿用至今的土造库房，外观并不气派，大小约摸五坪左右。书库有两层，里面摆满了书架，照顾起来还真麻烦，老关得密不透风可不成，里头的湿气会让书变形的，必须早晚把换气窗开开关关的，有时候还得开上暖气和加湿器，留神着让里面维持适宜的温湿度才行。我还在世时，这是我每天的差事，现在轮到阿绀接下来了，近来好像花阳和研人也会帮忙。

吃完早饭，来上一支烟以后，阿青麻利地把席子和木条板拿出来，铺满了整个院子。阿绀忙着在上方搭起了露营用的防水布。库房的书册就是要搬来这里，让它们晾一晾风。

如果不是年代久远的古书，只要摆着就好，一阵子不去翻动都无所谓，可也有些书籍相当有点历史了，那些书摆在外面太久可是会受损的，得特别斟酌着时间收进去。

不是那么贵重的旧书，只消一本接一本摆到木条板上就行。轮到处理昂贵的古书时，还得戴上白手套，轻放在铺着白布的矮桌上，一页一页缓慢地掀开，检查书页的状况，透透气，以免被蠹虫给蛀了。

说来可不是要炫耀，再怎么讲，咱们这家店从明治时代开到今天，好歹也收了好一些该称为古书，而不是旧书，乃至于已经算得上是古老典籍的珍本。在同行当中，有些人甚至把这座书库唤作"宝库"呢。

倘若是对古书店稍有涉猎的人士，应该听过所谓的"藏本目录"吧。咱们这家店的"藏本目录"是镇店之宝，只那么一本摆在店里用的，就连展览会也鲜少拿出去给外人看。

家规里"书归其所"的这一条，充分表现出上一代店主的期许：搭起人与书之间桥梁的，正是书店。

要是能把书库里的藏书，一口气全搬出来，可就轻松了；无奈数量过于庞大，实在没法一次做完，所以让书本透气的作业，也不可能一天就完成，真是一项辛苦的作业。

"为什么不出团了？"

"啥？"

"意大利。"

"噢……"阿青讪笑着回答，"我撒谎的。"

"撒谎？"

撒谎……，这是怎么回事？

"身体有点不大舒服，偷个懒，不接了。就当是提早放暑假吧。"

"是哦——"

他们兄弟俩相差八岁。阿绀属于研究学者的类型，性情内敛，比较喜欢待在家里；阿青则像时下的轻狂少年，成天在外头跑。两人的个性正好相反。阿青从小就喜欢四处玩，而阿绀总是在一旁默默地看顾着弟弟，这模式一直到现在都没有改变。每回有爱慕阿青的小姐上门找人，都是由阿绀婉言劝离，实在吃力不讨好，可阿绀顶多苦笑着说一句"真拿他没办法"，这事也就算了。阿绀甚至曾经说过："我办不到的事，那家伙做来轻而易举，真羡慕呀!"想必他看着弟弟那截然不同的人生态度，觉得饶有趣味吧。

阿绀和阿青一边哼着歌，动作利落地把书摊放开来。忽然间，咖啡厅传来了东西碎裂的声音，以及一声短促的尖叫。是蓝子吧。她大概又摔破东西喽。阿绀和阿青对望了一眼，阿青没奈何地笑了起来，阿绀却微微皱起了眉头。

"阿青……"

"什么?"

"你不觉得从前阵子起，蓝子就有点怪吗?"

阿青停住了正要掀开书页的动作，看着阿绀反问："有点怪?"

是呀，其实我也觉得有点不大对劲。虽说蓝子的性格本就是慢条斯理的，大家都说她是个傻大姐，可她最近老犯迷糊的状况，似乎不怎么寻常，常常打破东西。她才这年纪，离更年期应该还早吧。

"大概是从那时候开始的吧。"

"那时候？"

阿绀在檐廊坐了下来。他把烟灰缸拉了过来，点燃了烟。

"三天前吧，你那时不在。她穿着一身黑，说要去参加朋友的告别式，出门吊唁了。"

"告别式？"

"嗯。"阿绀点点头，"亚美说，大概在两天前，有人打电话来找蓝子，好像就是那时候通知她这个消息的。从那一天起，蓝子就变得有些魂不守舍。"

"告别式哦……"

阿青也跟着往檐廊一屁股坐下。远远的，正在晒太阳的猫咪一骨碌地起来，踱到了阿青的身边。这只三花毛色的猫儿阿凹很喜欢阿青，只要阿青在家，总是腻着他寸步不离。

"我猜，可能是和她交情甚笃的人过世了吧。"

"没问她是谁死了吗？"

"她不肯说啊。只回了一句：是我认识的人。"

阿青一脸狐疑，把阿凹抱上膝头，仰望着天空，喃喃说着："她到底怎么了呢？"

❖　❖　❖

中午过后，咖啡厅的忙碌告一段落，疲累的亚美嘿哟一声，在柜台边坐下，稍做休息。

"那，我去买东西啰。"

"慢走。"

蓝子出门去买些家里的日用品。亚美笑着目送她出门后，往小玻璃杯里搁些冰块，端起这杯状似冰咖啡的饮料，一口气喝光。

"午安。"

默多克先生来了。他走向柜台，坐到亚美的旁边。

"你没遇到蓝子姐吗？"

"没有，没遇到她。"

"她才刚出门，去买东西了。可惜错过了。"

"没关系啦，我只是天气热，想来喝杯冷饮而已。"默多克先生苦笑着说。

亚美笑着递给他一杯冰咖啡。

"亚美太太……"

"什么事？"

"我刚刚进来的时候，觉得有点奇怪。"

"什么事奇怪？"

默多克先生伸手指向外面，"那里，赤月庄和新庄先生家中间，有条小巷子吧？"

"嗯。"

"有个人站在那里，朝咖啡厅里偷看。"

"偷看？"

"是呀。我从旁边经过，那个人吓了一跳，赶快往另一边跑走了。很可疑吧？"

"那个人长相如何？"亚美皱着眉头问道。

"年纪不大，是个年轻男生。大概跟阿青差不多，或是更年轻一点。"

"该不会是来偷窥我的吧？"亚美打趣地说着，和默多克一齐笑了起来。世风日下，这年头可不能这般大意。

"您好。"

他们两人一回头，看到一位年轻小姐站在咖啡厅的门口。

"欢迎光临！请进请进！"

"请……请问……堀田青先生在家吗？"

亚美和默多克先生互递个眼色。唉，又是个来找阿青的小姑娘。不晓得她多大年纪？才过二十不久吧？长得挺标致的，笑起来还真可爱哪。不知道亚美心里会不会埋怨，这下又得被迫扮演阿青的太太了。

"请稍待一下。请问大名是？"

"我叫牧原美铃。"

107

"我去叫他吧。"

默多克先生进去里屋。亚美请那位小姐进来，坐到店里的桌座。那位小姐礼貌地欠身致谢，坐了下来。瞧她的模样，挺有韵味的。比起以往上门的那些钻牛角尖的小姐们，气质不太相同。嗯，瞧亚美露出的表情，显然和我想的一样。

"阿青!"

"噢，默多克先生来了啊。"

"有客人找你喔。"

"客人?"

窝坐在木条板上整理着书本的阿绀和阿青停下了手边的事。阿青站起身来。

"来的又是一位小姐喔。"

"又来了!"阿绀发了句牢骚。

"什么名字?"阿青问说。

"说是牧原美铃。"

下一瞬，阿绀陡然惨叫起来。因为阿青拿在手上的那本厚书，就这么滑落下来，不偏不倚地正中阿绀的脑门。瞧阿青这反应，到底是怎么了呢?

二

"来嫁他的？"

端坐在上位的勘一霍然咆哮起来。哎，吓了我一大跳。

"你来嫁给他，意思是，要和阿青结婚吗？"

"是的。"

这位名为牧原美铃的小姐，笑眯眯地点了头。而坐在她旁边的阿青，一股劲地只管搔头抓耳，脸上的表情很难形容。

"阿青……"

蓝子唤了一声，阿青这才抬起头来，面色凝重地依序看着阿绀、蓝子和亚美，最后才转向勘一，开口讲话：

"呃……嗯，说结婚或许有些操之过急，不如先照顾她一阵子吧。"

"什么叫照顾她啊？"

"她大学主修的是国文喔，说是一直很希望能在古书店工作。"

"是哦——"勘一的脸色稍微和缓一些了。

"而且她的毕业论文写的还是——，那个叫什么来着？"

"《二叶亭四迷*文学中的死亡概论》"

"是哦——"这回连阿绀也一齐发出了赞叹。我不大懂那些，似乎是挺艰深的研究主题。

"反正已经放暑假了，她也说不用给打工费。总之，暂时让她留在这里吧。她什么都愿意做，还挺乖巧的。"

尽管阿青这样说，可大家脸上仍透着一抹难以言喻的神情。

没想到这位美铃小姐，还真是个难得的好女孩。她在咖啡厅那边帮忙时不但笑脸迎人，做起事来更是干脆利落，没得挑剔，况且又长得这么漂亮，往后说不定会吸引一些年轻的顾客为了一亲芳泽而专程上门呢。

"而且她的手艺也很不错，对吧？"

"是呀。"

亚美和蓝子齐声向勘一称赞美铃小姐。

"她说从小妈妈就教她做家事。"

---

* 二叶亭四迷（1864-1909年）：日本小说家、翻译家，日本近代小说的先驱。代表作《浮云》（1887年）、《面影》（1906年）、《平凡》（1907年）等。曾译过屠洛涅夫、果戈理、托尔斯泰、高尔基等人的作品。

"现在这种女孩不多见哩。"

"爷爷，那盘马铃薯炖肉也是美铃小姐做的喔。"

"哦，挺好吃的。跟你们奶奶煮的味道很像哩。"

真的吗？我没法亲自尝尝，实在遗憾。那位美铃小姐，说从明天起就要住在这里工作，方才阿青陪她回去拿行李了。

"她对书籍的知识也相当丰富。在帮忙晾书时问了很多，现在马上就到古书店工作也没问题。"阿绀也佩服地说道。

"阿青简直配不上人家呢。"蓝子说完，大家都纷纷点头附和。

"可是……"花阳嘴里嚼着马铃薯炖肉，边说："哪有人突然跑来，就说要嫁人的？而且还要求从明天开始就要住进这里工作。"

咦，花阳好像有些不高兴哪。难不成现在就露出小姑爱挑剔的面目来了？

"就这地方让人纳闷哩。阿青那家伙，压根没有交女朋友的迹象，也没跟咱们提过。"

大家再一次点头如捣蒜。说来也是，以往虽然赶走过好几位小姐，却从没见过阿青交往的女性。

"阿青叔叔，不是男同志哦？"

研人话才出口，脑门立刻吃了勘一的一记爆栗。

"是哪个家伙教坏小孩的!"

"爷爷,您这算是歧视喔。现在不管男同志还是女同志,都享有平等的公民权。"

阿绀才说完,勘一已哼的一声,扭开脸去。

"我才不管啥公民权还野球拳咧!男的跟女的,女的跟男的,那才是坦荡荡的正道!"

蓦然间,研人哇的一声怪叫起来。

"你怎么了?"

只见他捂着嘴巴和喉咙,好似快要吐出来了。

"怎么啦?哪里疼吗?"

勘一着急地直问,可研人整张脸全纠到一起,指着眼前那碗味噌汤说不出话来。

"味噌汤?"

研人掩着嘴点头,冲向厨房,只听他似乎拼命灌水之后,这才大喊一句:"那是什么鬼啊!"

众人无不面面相觑,战战兢兢地端起自己的味噌汤,凑到嘴边。光是闻到味道,大家的表情已有些怪异了,再轻抿一口,每个人都和方才的研人一样怪叫起来。

"哎呀……对不起……"蓝子掩着嘴巴向大家道歉。

咦,她到底犯了什么错呢?

"这个,不是味噌吧?"

"应该是昨天吃剩的咖喱吧?"

"我就觉得奇怪，一直闻到咖喱的味道，可是桌上没瞧见咖喱调味的菜色呀？"

"真的对不起。奇怪，我煮的时候怎么没发觉呢？"

嗯，蓝子果然不大对劲。

隔天。

美铃小姐竟然清晨六点就来到家里，帮忙蓝子及亚美一起准备早饭。

"美铃小姐，还这么早，不用来帮忙呀。"

"没关系！我在家里每天都要起来做的，很习惯了！"

美铃小姐笑眯眯的，像只在滚轮里奔跑的高丽鼠似的，麻利地忙活。瞧着美铃小姐忙碌的模样，勘一和阿绀都笑得很是开心。

"有年轻女孩在家的感觉真不赖。"

"说得好极啦！"

亚美和花阳听见他们的赞叹，同时气呼呼地发难：

"不好意思哦，我不年轻了。"

"不好意思哦，我太年轻了。"

就算亚美的是玩笑话，可花阳对美铃小姐好像不大中意。嗯，花阳向来最喜欢阿青了，会这样也是难免的。不过，男主角阿青似乎不怎么开心。瞧瞧他，像颗泄了气的皮球似的，弯腰驼背地翻看夹报的广告单。

"喂，我说你这新郎官，怎么一副没精打采的？"

"没有啊。"

勘一倏然瞪大了眼睛盯着阿青，压低嗓子问道：

"该不会是已经怀上孩子了，你才不得不奉子成婚吧？"

"不是啦。"

"反正那女孩顶好，就算迫不得已也是歪打正着！"

真是的，家里的男人全被迷得神魂颠倒喽。那女孩确实讨人喜欢，就是有件事让人挂心。

唉，我南人从昨天又不见人影了。自家儿子的媳妇候选人都来了，他这是上哪去了呢？

早饭都上桌了，大家坐在各自的位置上，齐声说"开动了"以后，亚美开口问了美铃小姐：

"嗯，美铃小姐……"

"有！"

"你跟父母是怎么说的？先不谈要结婚的事，至少，你要在我们家住上一些日子，总得说一声吧。"

"对，差点忘啦！"勘一搁下筷子说道。

是哪，勘一也想起来了。我在意的就是这件事。

"这节骨眼，偏偏他那个混蛋老爸不在家，不然就由我先去府上拜访一下也行！"

阿青突然皱起眉头，美铃小姐的表情也有些黯淡下来，随即又换上笑脸，精神抖擞地回答：

"他们不在了。"

"不在？"

"家母是在我中学二年级时走的，家父也在今年过世了。所以，没问题的。我也二十几岁了，自己的事自己决定。"

勘一搔着头不好意思地说道："唔，请节哀。抱歉，提起你的伤心事了。"

"噢，我没事的，请别在意。"

美铃小姐轻轻地说了一声"开动了"，正要夹起一口饭，却又停住了。一旁偷瞄着她的众人，也跟着停下了动作。美铃小姐察觉了大家的视线，连忙微笑致歉。

"我很向往像这样和很多家人一起吃饭。"她缓缓地接着说，"我们家一直是父女俩相依为命，家父很少在家，所以我吃饭时总是孤伶伶一个人。能像这样和大家在一起，我好高兴。"

她的笑容中带着一丝落寞。大家也深有同感地直点头。

"也不全是好事啦，比如分到的菜就变少了。"

听到研人的抱怨，美铃小姐扑哧笑了出来，可眼中还泛着泪光。

三

　　叮叮当当，挂在屋檐下的风铃发出清脆的声响。日头在空中火辣辣地散发威力，把院子里的土造库房照出黝黑的影子。今天又是个大热天哪。

　　"您好——"

　　中午过后，有人走进了古书店，可不是藤岛先生嘛。他今天同样穿戴潇洒，帅气得很。勘一从账台里瞪着眼睛，朝他打量一番。

　　"怎么，又是你啊？"

　　"好过分喔，我可是客人耶。"藤岛先生一脸爽朗的笑容回答。

　　听说，这位藤岛先生是近来时兴的资讯科技公司董事长。年纪不过二十八岁，已经在知名的六本木新城里拥有一家公司了。

　　"这里没书要卖你！"

　　"别这么说嘛。来，我今天也带来了。"

藤岛先生把列印出来的纸张递给勘一，上面挤满了密密麻麻的字体。勘—绷着脸，读着纸面的文章。藤岛先生在勘一面前站得笔直，面带笑容地等着他读完。

看完了以后，勘一抬起头来，"普普通通啦。"

"太好了。那么，我今天也可以买书啰？"

"可啊。"

其实呀，这位年纪轻轻却热爱古书的藤岛先生，第一次来到我们店里时，大为赞叹这简直是座宝山，说要把店里的书全部买走呢。结果这番话惹得勘一暴跳如雷，把他给痛骂了一顿：

"书这东西会自寻归宿，去到最合适的主人手里。像你这种钱多到满出来想要大肆搜刮的家伙，咱们这里连一粒灰尘都不会卖你！"

藤岛先生是个有钱人，免不了有些财大气粗，可本性挺好的。挨了骂以后，他深切地反省，再三恳求把书卖给他，勘一被他爱书的热忱给打动了，于是这样告诉他："先让你买一本，看完以后写一份读书心得交过来，如果写得好，再继续卖你！"从那之后，藤岛先生便老老实实持续到了现在。哎，真不知道该怎么说这两个人才好。

"堀田先生，前面不远那边，正在拆房子呢。"

藤岛先生喜滋滋地在书架前物色属意的书，边和勘一聊了起来。

"是啊，正在拆啊。那里以前是出租公寓。"

"真让人舍不得。那么古意盎然的屋子，就要消失了。"

"不都是你们这些家伙到处收购的嘛！"

"我们公司才不是炒地皮的呢！"

这也是没办法的事。这一带有好多屋子确实都快塌了，还曾经发生过有人居住的房子，屋顶竟然塌陷下来的意外。

"瞧着的人净嚷着怀旧风情啦什么的，可对住在里面的人来说，还是生活起来便利些比较好。"

"这样说，也不无道理。"藤岛先生有些惋惜地叹气，低下头来，"咦？"

这可不是本杰明吗？不知道它去哪里散步了，刚回来店里，正要进屋去。

"堀田先生，那只猫的项圈上，是不是绑着什么东西？"

"唔？"

是呀，项圈上有个东西。勘一伸手一把揪起本杰明，把东西拿了下来，"这是啥呀？"

是一张纸哪。折成长条状，像签纸绑在树枝上那样，缠在项圈上。

"这是口袋书的书页吧。"

勘一也点头附和藤岛先生的话。

"'……距离弗兰奇·丹和穴森之间，约摸一公里处……'唔？这是……"

两人读着书页上的文章段落。

"这应该是《十五少年漂流记》吧？儒勒·凡尔纳写的。"

"哦，是吗？你去看看那里有没有，口袋书那边。"

藤岛先生连忙跑到书架前，手眼并用地浏览着成列的口袋书。

"找到了！"

他赶回勘一身旁，一边忙着翻动书页。

"我手上的这张是第二二九到二三〇的那页！"

"啊，有了！没错，就是这一页！"

既然两人都确认过了，应该不会有错。儒勒·凡尔纳的《十五少年漂流记》其中一页被人撕下来，卷在本杰明的项圈上。

"虽然知道了是出自哪本书……"

藤岛先生欲言又止，勘一也纳闷地歪着脑袋瓜。

"为啥这东西会在猫身上咧？"

两人这时想找本杰明，却没瞧见它的影子，不知道上哪去了。这到底是怎么回事呢？人世间还真是无奇不有哪。

❖　❖　❖

"跟踪狂？"

"我猜……应该是吧。"

阿绀方才去送货回来，正在喝冰咖啡，抽根烟休息。这时，满身大汗的研人和花阳放学回来，一钻进咖啡厅，就抢着向阿绀报告，说是放学回来的路上，有个男人一直跟在他们的后面。

"是年轻的男人吗？"

"应该是吧。大概跟阿青叔叔差不多，或者是大学生吧，我也分不出来。"

小学生确实不容易分辨大人的年龄。

"确定他是在跟踪你们吗？"

花阳用力点头，"我一觉得怪怪的，就马上确认了喔。我拿了小镜子往背后照。"

真不愧是细心的花阳。

阿绀抱着胳臂沉吟了一会儿，"嗯，那么，以后放学的时候，一定要和同学结伴回来，暂时不可以单独上街买东西。还有，下次再发现那个家伙的话，马上打电话回来。知道吗？"

"嗯！"花阳用力点了头。

唉，这年头怎会变成了这模样。当然，形迹可疑的人从前就有，骚扰案件过去也曾发生过，很久之前，甚至还出版过一种低俗的色情杂志呢。可是，我觉得近来的世风日下，和往昔有着本质上的不同。

在一旁听着他们对话的亚美，倏然想起一件事来。

"这么说来……"

亚美想说的是美铃小姐来的那天发生的事吧。就是默多克先生察觉有个年轻男子形迹可疑。

"会不会是同一个人？"

"有可能吗？"

"真讨厌，怎会发生这些事呢？"

阿绀劝慰大家，总之，这段期间多加小心。是呀，留神些总是比较好。

勘一拿着方才那张《十五少年漂流记》的书页，走来咖啡厅这边。

"喂，阿绀！"

"什么事？"

"中午的时候，本杰明的项圈上缠着这东西哩。"

阿绀困惑地接过那张书页。

"口袋书的一页？"

"要说是恶作剧，也未免太难解了。"

"啊！"研人猛然大叫一声。

"做啥突然大叫啊？"

"这个！"

研人急着从衣袋里掏出什么东西。哎哟，可不是口袋书的纸页嘛。

"开什么玩笑，同样的东西咧！"

"《十五少年漂流记》？"

况且，研人还拿了两张出来。

"哪来的？"

"我们回家的路上看到本杰明，仔细一瞧这东西就绑在它的项圈上，所以才拿下来的！"

"那时候本杰明在哪里？"

"公园对面的那个阳台上。"

研人说的应该是常有很多猫上去睡午觉的那个地方吧。我晓得那里。

这几个人纷纷皱起眉头，沉吟不语。

那三张皱巴巴的口袋书书页，一起摆在客厅的矮桌上，勘一和阿绀同样抱着胸，盯着眼前的纸页，百思不解。勘一伸手端起了冒着汗的茶杯，一口喝光了里面的麦茶。不知哪里正在装潢的噪音，又是锤敲又是锯拉的，伴着蝉鸣从敞开的檐廊传了进来。

"绑在项圈上的第一张，是十二点过后吧。"

"正是！"

"研人看到本杰明是三点多的时候。有人撕下口袋书的纸页，趁本杰明出外散步时，绑在它身上，而且又重复做了两次。"

"就是说啊。"

这是怎么一回事呢。我总觉得有股不祥的预感。

"第一次是二二九到二三〇页。"

"第二次是十九到二〇页，还有二九到三〇页。"

两人正在苦思之际，后院的木门那里传来声音。

"好热啊——"

咦，是祐圆兄和默多克先生。这两个人同时来家里，真稀奇哪。走在前头的是拿着扇子拼命扇风的祐圆兄。

"你们来啦？一起出现，还真新鲜哩。"

"我们是在门口遇到的。"

"怎么，爷孙俩一齐苦着脸？该不会是这家店终于快倒了吧？"

"你少乌鸦嘴！一切都怪这东西！"

"这东西？"

祐圆兄正要从檐廊下面跨上客厅时，阿绀陡然啊的大喊一声，把祐圆兄吓得跳了起来。

"阿绀，别吓人啊，我心脏都快停啦。要是杀了神社主祭，世世代代子孙可都会遭到冤魂纠缠的喔。"

"就是祐圆爷爷！"

"啥？"

勘一讶异地瞧瞧祐圆兄，再看看口袋书的书页，"是你干的哦？"

"什么事？"

"不是不是，爷爷，不是那样的，是本杰明和祐圆爷爷啦！"

"啥？"

阿绀的表情突然变得十分凝重，"祐圆爷爷！本杰明原本的饲主！"

"你是说初美嫂？"

"她家呢？哪里来着？"

"现在她搬去川崎那里的儿子家住呀。"

阿绀慌张起来，"不是，她旧家！"

祐圆兄拿扇子指向外面说："不就在二丁目那里，那条死巷子的最里面吗？就是那间快要倒塌的屋子啊。"

"就是那里！"阿绀心急如焚地站起来，慌张地说，"默多克先生陪我一块去！祐圆爷爷，快打电话给初美奶奶的儿子，问他初美奶奶在不在家！"

救护车来了，附近的住户纷纷出来围观，一片闹哄哄的。阿绀猜得没错。他在那处旧家里面发现了倒在地上的初美嫂，立刻叫了救护车。

就像祐圆兄方才形容的，初美嫂的旧家位在死巷子底，没事的话谁也不会特地绕到里头去。假如阿绀没猜出来，只怕她这条命可保不住喽。

谁料得到，初美嫂竟会回到空荡荡的旧家去呢？她一定是思念那间老屋子，想去看一眼，不巧身子不舒服了，或是跌倒摔到地上了。无奈门窗都是关上的，就算她用衰弱的声音呼救，大概也不会有人听得见。嗯，等会儿我也去医院探望探望。

"是本杰明发现初美奶奶的喔。"

"本杰明一定是每天散步时，都会绕去旧家那里看一看。"

研人和花阳七嘴八舌地讨论。

"这就叫猫的报恩吧。"

幸好被送往医院的初美嫂，应该没有生命危险，大家这才放下心来，聚在客厅休息。

"她可能没法大声呼救，所以看到本杰明回来，才会把带在身边的口袋书撕下一页，绑在它的项圈上，试图对外求救。"

他们吃着祐圆兄送来的冰淇淋，一面推测。

"话说回来，阿绀，你怎会猜到呢？"

"从页码猜到的啊。"

"页码？"

"我想，假如这不是恶作剧，那就是有人想利用这个口袋书的页码，传达某些讯息吧。"阿绀指着口袋书的页码说道。

"有道理。"

"而且还是在非常紧急，只能利用这本书的状态之下。可是，读了好几遍文章内容，都理不出个头绪来，既然如此，就别把线索想得太复杂，只由页码上去推敲。"

"然后咧？"

二二九到二三〇页、十九到二〇页和二九到三〇页，第一次和第二次重复出现的数字是二、三、九、〇，对吧？想到这里，突然灵光一闪：该不会是门牌号码吧？"

祐圆兄往膝头使劲拍了一记，赞道："原来是门牌号码！所以才会想到是二丁目的二之九号！"

阿绀点点头，"初美奶奶第一次撕书页时，刚好有二二九到二三〇页，可是没人去救她。后来本杰明又去了一趟，这回只剩下二〇页和二九页可用了。"

"为什么不用第二页和第九页呢？那样不是更好猜吗？"花阳问说。

阿绀笑着回答："你看看书，通常每本书最前面的是书名和目录等等，那些部分没印上页码。这一本的第二页和第九页，统统没印页码。"

"原来如此。"花阳总算明白了。

"唔，不过呢，"勘一从檐廊望向外面，"藤岛那小子也说了。这里越来越老旧，难免会发生这种意外。"

盖新房子的槌打声，和着蝉鸣，震天价响。

◆　◆　◆

又过了两天左右。赤焰焰的日头煎烤着大地，终于进入烈阳当空的炎夏了。家里所有的门窗全都大敞，尽量通风图个凉快。

店里的勘一向咖啡厅那边交代一声，往书库那里去了，大概是要去拿本书吧。要到书库那边，只能从檐廊走下院子。勘一趿上搁在三合土上的拖鞋，走进书库。

"怎么回事？"

勘一才刚踏进书库，立刻大吼起来，咚咚咚地跑出来朝主屋的二楼喊了一声："喂！阿绀！"

阿绀听了唤声立刻从二楼下来。咦，勘一为什么要叫阿绀呢？

"爷爷，什么事？"

"你这小子，怎能书库整理到一半就跑掉了！"

"您在说什么？"

"还敢问！书都弄坏了啦！"

哎哟，是真的。书库角落边有个书架，好多书都从架上抽出来一半，甚至有些都掉在地板上了。

"不是我啊！"

"啥？"

不是阿绀的话，又会是谁呢？

"这……该不会是遭小偷了？"

勘一顿时气得龇牙咧嘴的，朝咖啡厅那边嚷嚷："喂！蓝子！"

问了以后，蓝子和亚美都说不知道。她们两个都待在咖啡厅里工作，自然不晓得嘛。阿青出去买东西了，花阳和研人都在学校。玉三郎、本杰明、娜拉和阿凹当然也没进去那里。它们虽然偶尔会在炎热的日子里溜进去纳凉，却不曾调皮地把书弄坏了。

"美铃小姐呢？"

阿绀才说完，远远地由屋里传来一声"我在这里"，只见她上气不接下气，从檐廊底跑了过来。她方才大概是去洗手间吧。

"有事叫我吗？"

这么一来，家里的人全到齐了。

"这么说……"

"该不会真遭小偷吧？"

"小偷？"

听到勘一的怀疑，首先出声回应的是一位顾客。哎哟，可不是茅野先生嘛，来得真巧！

"老板，这话听着不大平静哩。"

"嘿！好一阵子没见啦！"

茅野先生头戴一顶巴拿马帽，身穿白色开襟衬衫搭上棉质裤，打扮颇为率性。

"休假吗？"

"是啊。不过，我的假期看来要泡汤啰。"茅野先生朝里屋探瞧，苦笑着说。

这位茅野先生虽然快退休了，可是个如假包换的刑警。而且呀，我忘了他是第几课来着，总之是专抓小偷的喔。

"哎，还不确定是遭小偷了，不过，你来得正好，可以帮忙看一看吗？"

"爷爷，人家茅野先生今天休假耶！"

"不碍事、不碍事！打扰喽！"

茅野先生笑着打圆场，由勘一领着走回仓库那边了。这位茅野先生也是一位酷爱古书的人士，在外面调查案件时，若让他瞧见了旧书店，总忍不住踅进去看看有没有好物件，年轻时算不清因此写过几张悔过书了。他那点微薄的薪水，几乎全花在古书上，听说太太好几回气得不跟他说话了。他来咱们这家店光顾，算算已经有十几年了。

茅野先生和勘一以及阿绀一起进去仓库里面。他先在周围转了一圈，这时，他眼里的笑意已经敛去。

"嗯，没留下什么行窃的迹证。"

"会不会是小偷才刚刚进去，就被爷爷的声音吓得跑掉了？"

茅野先生点头同意阿绀的看法。

勘一他们检查了有无书籍遭窃，还好一切安然无恙。
白天时段，书库的门扉通常都是开着的，只要推开屋后的
木门，就进到家里的院子了。不过，通到后院木门的那条
小径，会经过杉田豆腐店的厨房便门。除非是家里的熟人，
才知道要从这边进来，况且从外面根本看不出来有这么一
条捷径。

"这事虽有些古怪，暂时没什么问题吧。"

勘一都这么讲了，加上茅野先生也说既然没有财物损
失，这事也就算了。可是，想想总觉得不大安心哪。

"老板……"

"啥事？"

"那个，如果没遭窃，可以让我在这里看一下吗？这是
您第一次允许我进来这里……"

阿绀和勘一都无可奈何地笑了起来。

"喂，该不会是你为了要进来这里，故意搞鬼的吧？"

茅野先生忙不迭地摇着双手，"怎么可能！老板，我可
是刑警呀！"

在爱书人的眼中，这间书库简直是座宝山。勘一只肯
让茅野先生在这里待上一个钟头，结果他一直留到天黑都
没走。还真能待哪。

那天晚上，跟踪狂和小偷这两起事件，成了餐桌上热

烈讨论的话题。

"真教人心慌慌的。"

"天气热，干蠢事的家伙也多了起来，大家提防着点。阿青，反正你闲着没事，仔细留神门户！"

"好啊。趁这个机会，不如在书库的门上加装防盗装置吧？"

"什么样的？"

"比方虽然门是开着的，如果没有按下开关就想进去，就会触动警铃之类的。"

"嘿，好极啦！毕竟咱们家书库有回损失惨重哩！"

"损失惨重？"阿绀问道。

哦，勘一讲的是那件事吧。

"很久以前，被一只耗子溜进去了，把里头的书全搬得精光！"

"我还是第一次听到这件事。"

"什么叫耗子？"

说起来，那是我公公还在的时候了。当时勘一也才三十岁上下吧。

"耗子是一个年轻的淘书转卖客的绰号，当时在这一带小有名气。他对阿爹有点怀恨在心。"

"怀恨在心？"

勘一的脸色沉了下来，说道："从一个没什么大不了的误会，演变成的挟怨报复。没想到那家伙居然找来好几个帮手，偷走了很多本古书。"

"真的哦？"

我还记得，公公那时候气得捶胸顿足。勘一和那个耗子年纪相仿，早前其实私交不错，也因此，勘一感觉被朋友背叛，着实发了好大一顿脾气呢。那已经是很久以前的事了。

"美铃小姐虽然才来不久，可也得小心点哩。"

"没问题！"

见到美铃小姐一如往常的活力，勘一随即堆出满脸的笑容。咦，花阳怎么有些气鼓鼓的？该不会是因为觉得被抢走了咱们家偶像的头衔，所以才生气的吧？

❖　　❖　　❖

隔天下午三点。勘一看了时钟，嘿哟一声从账台里起了身。

"喂，阿绀，我去一下，店里麻烦你啦！"

阿绀的答应声从二楼传了下来。庞大的勘一迈向客厅，走下檐廊前往书库。书库那边正由美铃小姐在整理当中。

"我说，美铃小姐！"

"来了！"

美铃小姐听到勘一的吼声，慌张地跑出来了。勘一生来就是这副大嗓门，没听惯的人总被他吓坏了。美铃小姐再多住个几天，也许就会习惯了吧。

"我要进去佛堂一下，可以吗？"

"噢，好的，请进。"

让年轻姑娘睡在佛堂实在可怜，可家里的空房就剩这么一间了。还没嫁进来前，总不能让美铃小姐和阿青住在同一间房里，只好委屈她将就一下了。

勘一进去佛堂，从佛龛的抽屉里拿出线香和蜡烛。美铃小姐见状，问说："请问，您要去上坟吗？"

勘一笑嘻嘻地说道："不如美铃小姐也陪我走一趟，如何？"

既然勘一开了口，美铃小姐只得随行了。

勘一去的是堀田家历代祖宗的墓园，就在附近的寺院里。到了寺院，美铃小姐跟在勘一的后面走，好奇地到处打量着。

来到历代祖宗的墓园后，勘一随手摆上蜡烛，拿打火机点燃，再把线香凑上去烧。美铃小姐则站在他的后面。

"今天呢，是我那口子的月忌辰。"勘一对美铃小姐说道。美铃小姐点了头。

"对啦，美铃小姐，阿青那小子和我那个混蛋儿子的事，你应该知道吧？"

"是的，阿青已经告诉我了。"

"这样啊。"勘一点了头，"嗯，我家那个老太婆也一直很担心阿青心里有疙瘩，凡事都先顾虑他的感受。阿青那小子其实本性挺善良的。……阿青还是个小不点时，成天黏他奶奶可黏得紧喽。"

是呀，毕竟秋实光是照顾我南人这个大孩子就忙不过来了。真怀念过去那段时光哪。勘一双手合十后，嘿哟一声站起身来。

"老太婆应该一直盼着看到阿青娶新娘的那一天吧。这个小孙子，她可疼得很哩。"

美铃小姐有些难过地点了头。

"唔，反正美铃小姐早晚都是一家人，可以请你也合个掌祭拜一下吗？"

听到勘一这么说，我赶紧站到了墓碑的旁边。勘一倒还无所谓，可美铃小姐特意为我合掌致祭，总不能站在她的背后。美铃小姐合拢那双纤细的手，闭上了眼睛。谢谢你呀。

入夜以后，大家都回到自己的房间，各自度过睡前的时光。

安放佛龛的佛堂里，原是勘一使用的小书桌上，摆着一台电脑，美铃小姐正在写东西，喔不，是在打字。她在研究什么功课吗？还是往那个叫做网路的东西里放上日记呢？我以为日记是不能给旁人看的，可现在的人想法好像不一样喽。

美铃小姐停下手来，轻轻地叹了一口气。那模样瞧着有些落寞。

说到落寞，这两个人也是。蓝子和亚美结伴去了"春"居酒屋，眼下正坐在柜台前默默地喝着酒。这光景，还真少见。

"偶尔来这里喝上一杯也不错吧。"

"就是说嘛。"真奈美搭着腔，为她们斟了冰凉的清酒劝饮。

店里还有别的客人。咦，可不是阿健先生嘛。坐在他对面的是奈美子小妹妹的爸爸吧。两人正在把酒言欢。阿健的身分真相大白了以后，没听说后续发展如何。依这情景看来，应当可以放心了。

"蓝子姐……"

"什么事？"

"我妈妈……"

"你妈妈怎么了？"

亚美紧抿着嘴唇，过了一会儿才说："她住院了。"

"怎么会这样！目前状况如何？"

哟，真让人担心哪。

亚美接着说，病况倒是不至于危及性命，只是母亲向来健康，连感冒都很少，这回住院，心情很是低落。

"我是从朋友那里听到这消息的。我爸爸还是老样子，不肯和我联络，所以我一直不晓得这件事。"

亚美到现在依然被断绝父女关系，说来实在愧疚。这种时候，要是秋实还活着，或许能帮上什么；如今只剩下我南人一个，偏偏他正是亚美被逐出家门的罪魁祸首。

"听说，我妈现在已经回到家里养病了。"

"真教人担心。你很想回去探望吧？"

亚美缓缓地点头，"可是……"

"问题是你爸爸……"

亚美的父亲相当顽固，比起勘一可说是有过之而无不及，况且又任职官署，做事一板一眼，即便勘一及我南人努力迎合，他仍怎么都看不顺眼。甚至连该是心头肉的孙儿研人，到现在都不肯见上一面，真不知该怎么办才好。还好，寄去的研人照片都没给退回来，算是庆幸。

"可是，总不好就这么一直拖下去吧？结婚都已经十年了呀？"蓝子说完，亚美颓丧地点了头。

亚美的母亲应该有六十来岁了吧。人在身子虚弱时，意志也会跟着消沉下去的。

在一旁听着她们交谈的真奈美，也将手抵着额头，似乎在盘算着什么。难道她在打什么主意吗？

时间接近午夜了。亚美和蓝子穿出"春"居酒屋的店帘，朝家里走去。这条羊肠小径虽然暗无街灯，不过两旁都住着邻居，离家里只有约摸两三分钟脚程而已。

　　"站住！"

　　后面突然传来男人的喊叫。接着是一阵嘈杂凌乱的脚步声。亚美和蓝子吓得缩起脖子转头张望。到底发生什么事了？紧接着，又传来了男人的哀嚎。

　　"那声音——"

　　"该不会是阿青吧？"

　　两人冲过去一看，地上倒着一个人。果然是阿青。

　　"阿青！"

　　"我去叫大家过来！"

❖　❖　❖

　　"真是没用的家伙！"

　　"有什么办法啊，我穿的是拖鞋呀！"

　　除了正在睡觉的花阳和研人以外，家里其他人全都回到客厅了。美铃小姐拿来裹着冰块的毛巾，捂在阿青红肿的脸颊上。

　　根据阿青的描述，他忽然心血来潮，出门去接在外面小酌的蓝子和亚美回来。

"我想到偷窥和跟踪的事件都还没破案。"

没想到，她们才刚踏出"春"居酒屋，阿青就目睹有条人影紧跟在她们的身后。于是阿青赶紧抄小路绕到那条人影的背后，正准备出声询问时，对方却陡然拔腿就逃。

"所以你立刻追上去，结果反而挨揍了。"

"我只是差点滑倒，又不巧被对方挥开的手打到而已！"

"可是，"蓝子忧心忡忡地说，"照这么看来，的确有人在监视我们家吧？"

众人各自思索起来。

"第一次发现那个人是在哪？咖啡厅前面来着？"

"当时咖啡厅里只有我一个。"

"接下来盯上的是研人和花阳。"

"这回则是蓝子和亚美吗？"

屋里的人一个个双手抱胸，寻思推敲。美铃小姐看起来气色不大好，是不是因为害怕呢？

"你还好吧？"

阿青察觉到美铃小姐的神色有异，问了一声，她马上绽开笑靥回答："我没事。"

"唔，半夜三更凑在这里想破头也不是办法啦。"

勘一下令，大家先睡个饱觉，明天早上再继续想。嗯，这样才好。人家都说早上的脑筋比较灵光。

没想到，大家正各自回到房间的时候，这回又换成蓝子尖叫起来了。

"啥事？"

"怎么了？"

大家一齐赶了过去，只见蓝子站在房间的正中央，整个人吓傻了。再循着她的视线看过去，一幅蓝子动笔不久的画作摆在画架上。那幅画上有一条斜线……不对，那不是斜线，而是一道割开的裂口。

"开啥玩笑！"勘一咕哝着，"这可不是闹着玩的哩。"

阿绀同样惊诧地捂着嘴。

❖　❖　❖

研人和花阳都露出满头雾水的表情。平常吃早饭时，家里总是热热闹闹的，今天却像在守灵似的，冷冷清清。

"是不是发生了什么事啊？"

"我哪知道呀。别多问，吃你的饭去！"

研人和花阳窸窸窣窣地交头接耳。

"该怎么办呢？"

"这能怎办？只能去报警了啊。要不就叫茅野来？"

阿绀和勘一正在讨论，阿青拦了下来："不，现在就找警察，还太早了吧？"

139

"不报警还有啥法子？"

"为什么要找警察——？听起来怪吓人的哟——"

我南人忽然走进院子回来了。

"爷爷！"

我南人的样貌穿着，几乎没把花阳吓昏了，其他人也纷纷被咽到一半的饭菜或噎或咳的，连我也惊讶得险些从空中跌了下来。

"你！这是啥鬼样子？"

"我倒觉得挺帅气的啊——"

眼前的我南人身穿成套的黑西装。以他修长的身材，加上比一般日本人来得立体的五官，这种装扮的确十分潇洒，然而，我从没见过他穿这种正式的西装，连他出门时必定戴上的漆黑墨镜，也换成了玳瑁镜框的普通眼镜。最令人震惊的是，那头惹眼的金色长发，已经变成全黑的短发了。从头到脚，简直换了个人似的。

那头金发，过去可是他抵死不肯让人动刀的。

"摇滚就是反抗精神哟——！这头金发就是它的标记哟——！就算要我的命，也绝不剪去这头金发喔——！"

但是现在，他把那头誓死捍卫的金发剪掉了。在很多年以前，勘一和我南人父子俩总是为此大打出手的那一头金发，竟然剪掉了！

"老爸，怎么了？发生什么事了？"

阿绀心焦如火地看着他。这也难怪，毕竟阿绀是唯一了解父亲为何如此在意区区头发的人。

我南人没理阿绀，径自走向亚美。

"亚美——"

"是！"

"走啰——。阿绀和研人也要穿好看的衣服哟——"

"请问……要去哪里呢？"

"那还用说嘛？当然是胁坂家呀——"

胁坂那里是亚美的娘家。亚美那双大眼睛，这下瞪得更圆了。

"也该是时候，把这件事做个了结啰——。你爸爸一直很讨厌我，现在换上这副模样，或许就能够接受了，不晓得行不行得通呢——？"

蓝子和亚美豁然明白过来，对看一眼，双双开口问道：

"爸爸，您该不会……"

"知道我妈妈的事了吧？"

我南人点点头，"我想，大家各执己见这么久了，应该都累了吧——。我是完全无所谓哟——，可是再这样下去，未免太没有 LOVE 啰——。为了亚美和阿绀着想，如果我舍弃一贯的造型，就能换来亲家公亲家母的谅解，这样不是挺好的吗——"

"爸爸！"亚美的眼眶已经湿了。

141

我南人到底是从谁那里得知消息的呢?

勘一、阿青和阿绀原先一片茫然,听着我南人和亚美的对话,总算掌握到大致的情况了。

"该不会是,胁坂家的哪一位身子不舒服吧?"勘一问道。

亚美满脸歉意地点头,"听说我妈妈住院了⋯⋯"

勘一那张脸倏然涨得通红,扯开喉咙咆哮:

"混账!为啥不早说咧!"才吼完,勘一霍地站起来,"喂!监子!把我那套有家徽的外褂和裤裙拿出来!阿青和阿绀给我去换衣服!哎,干脆连花阳跟研人也去!所有人统统都穿上最好的衣服!咱们全到胁坂家谢罪去!"

勘一迈着响亮的步伐走了几步,乍然停了下来,补上几句:"差点忘啦,美铃小姐也要。喂,看是蓝子还是亚美,借她件漂亮的衣裳。"

"我也要去吗?"

勘一朝讶异的美铃小姐咧嘴笑道:"麻烦你啦。就快成为一家人了,帮忙出份力吧!"

接下来,全家人简直忙翻了,连玉二郎、本杰明、娜拉和阿凹也跟着毛毛躁躁的,在家里兜来转去,喵喵叫个不休。

"混账东西,既然有和服就给我穿上和服啦!"

“啥，可是我没法自己穿呀？”

“你们还在忙着换衣服，我可以先吃吧——？”

“穿黑色的洋装就可以了吧？”

“啊，那我把味噌汤热一热。”

“又不是出席葬礼，而是两家要言归和好，穿鲜艳一点的颜色比较好吧？”

“你是谁呀——？长得真可爱哩——”

“妈妈，我要穿什么才好呢？”

“那我哩？”

“啊，久仰大名，我叫牧原美铃。”

“你这家伙为啥坐着优哉游哉地吃饭？”

“叫做美铃喔——，这名字真好听呀——。那，你为什么会在这里呢——？”

“打扰了。”

“外头有人在叫门了，顾客上门了啦。喂，阿青，把门榜挂出去，临时公休。”

“得令！”

阿青正打算向我南人解释美铃小姐的事，就被勘一派了差事，于是先去门口处理。没多久，玄关那里传来啊的一声大叫，把所有人吓得全愣在了原地。

“就是你，跟踪狂！”

“啥？”

一屋子的人全往门口蜂拥而去。只见门口站着一位约摸六十来岁的绅士，和一位年轻的男子。咦，这两位不就是……

"爸爸！修平！"

"胁坂先生！"

一点没错。可不是亚美的父亲胁坂和文先生嘛。真是好久不见了。至于那个年轻人，好像在哪里见过，听亚美唤他修平，那么就是……

"你说跟踪狂？"

"就是这家伙啦！他啦！打我的就是他！"

年轻人毕恭毕敬地鞠躬致歉："真的非常对不起！"

原来是亚美的弟弟修平呀。还记得亚美有个小她很多岁的弟弟，结婚那时，她弟弟才不过十岁，现在已经长这么大了呢。

"请问……"一片乱哄哄之中，胁坂先生开了口，"不好意思，一大早来叨扰。……各位正赶着去参加婚礼吗？"

身穿印有家徽的外褂裤裙的勘一，喃喃讷讷地不知道嘟囔些什么。

四

真没想到，眼前这光景，宛如即将举行文定仪式似的。

矮桌的里侧，依序是穿着外褂和裤裙的勘一，全身黑西装的我南人，穿上三件式西装的阿绀、亚美和研人。靠近檐廊那边，坐着胁坂先生和修平。其他人则坐在隔壁的佛堂，敞着隔扇没阖上。

众人都默不作声。趁着蓝子和美铃小姐端上麦茶的空当，勘一朝我南人顶了一下。

"这时候该由你先开口啦。"

"胁坂先生，久未问候。"

大家吓了一跳。这根本不是我南人平常说话的语气。

"我才是，许久没来问安。"

"劳驾您远道而来了。我们方才正准备前往府上拜访。"

胁坂先生点了头，说道："请容我先赔罪。其实，修平昨天打了贵府的青君。"

"是哦——？"

只有这句恢复了我南人惯用的口吻。对喔，我南人还不知道这件事。

"谨致上十二万分歉意。"

胁坂先生说完，和修平一起低头施礼，接着解释："小犬说，他是来探望亚美的。无奈的是，一来我严禁他和姐姐联系，再者这孩子又没有男子汉的骨气，本想偷偷和姐姐见面，结果却惹出这种事来。"

修平再一次把头弯得低低地谢罪。这男孩看起来的确有些软弱，往好的说，就是性情温和吧。

我南人理解地点了头，说道："不，这一切的一切，都该怪我。承蒙令媛亚美愿意下嫁阿绀，敝人却始终未诚心诚意登门拜谢，委实万分失礼。"说完，我南人也向胁坂先生躬身道歉。

是我眼花了吗？那个目空一切、天上天下唯我独尊的我南人，居然能说出如此四平八稳的客套话，还向对方低头以示歉意。别说是我，连勘一也惊得下巴都快掉下来了，回过神后，赶忙也跟着伏下脸来。

"我也一齐向您道歉。听说，夫人近来玉体违和。亚美若仍无法回去探望，未免让人不舍。全家人正想一同前去府上，恳求先生和夫人原谅。"

胁坂先生听完，也深深地低下头来。

这时，我南人抬起头来，神情严肃地说道："胁坂先生，请恕迟至今日，才央请府上谅解。过去的事，可否既往不咎，并请允诺不才小犬绀和亚美的婚事，与我堀田家缔结良缘，长长久久呢？"

胁坂先生的表情顿时僵住，片刻，才朝一直老老实实坐着的研人看去。

"内人每天都捧着研人的照片细看；而我，却故意当作没看到内人思念孙儿的模样。不仅如此，若有旁人好意劝解，我愈发坚持己见，一意孤行。"

说到这里，胁坂先生长长地叹了一声，"我才该请求贵府，将往昔的事从此一笔勾销。堀田先生，望请原谅我这个愚昧的父亲。"接着，他看向亚美，"对不起了。"

"爸爸……"豆大的泪珠从亚美的眼里滚落下来。

"堀田先生，绀君。亚美就托您们多多照顾了。"

蓝子和美铃小姐的泪水也跟着夺眶而出，哎哟，连花阳也噙着眼泪呢。只有研人一副目瞪口呆。

"研人。"

听到我南人的叫唤，研人反问一声："什么事？"

"这位是妈妈的爸爸，也就是你的另一位爷爷。向外公请安。"

研人听完，转过去看胁坂先生。胁坂先生也满脸笑容地凝视着研人。

"您好！"研人鞠了个躬。

"研人君，你好。"胁坂先生又接着说："下次来我们家玩，好不好？"

"嗯！好啊！"

大家的脸上都浮现了笑容。勘一仿佛总算卸下了肩上的重担，松了腰板躬着背。

"这样的话——"我南人又恢复了惯用的口吻："亚美、阿绀和研人就赶快去胁坂家吧！"

"现在马上吗？"

"好事不宜迟嘛——。我呢，想把这身难受的衣服给脱了，待会儿再过去。噢，对啦，花阳也一块去吧——"

"我也要去？"

"难得穿这么漂亮，像个小公主，趁机出门亮亮相嘛——"

❖　❖　❖

"话说回来，心里那颗石头总算搁下啦。"勘一满意地喝了一口麦茶，再接着往下说，"就像把鲠在喉咙里的那根鱼刺拔出来了一样哩！"

到了晚上，阿绀和亚美带着研人及花阳，从胁坂家回来了。听他们的转述，亚美的母亲喜极而泣，直说这么一来她总算能够安心休养了。研人当场领了零用钱，外公还买了许多礼物送他。连一起去的花阳也沾了光。

"我爸爸说，要把九年份的压岁钱和生日礼物一口气全买了，花起钱来毫不手软。"

亚美说着，眼眶又湿了。她说，从没见过父亲笑得那么慈祥的模样。

那还用说嘛，世上最可爱的就是孙儿喽。胁坂先生以前应该是强抑自己不来见孙儿的吧。

"往后得请岳父岳母别把孩子宠坏了。"阿绅也满心喜悦地说。

"总之，事情有个圆满的收场，终于可以睡个好觉喽。"

勘一才说完，旋即想起什么似的仰头望着天花板，引得大家也跟着抬头瞧瞧怎么了。

"是不是还有啥事给忘了？"

"是啊，事情还没圆满落幕呢。"阿绅说，"跟踪的事，虽是亚美的弟弟做的，可是书库的小偷和那幅画……"

勘一朝自己的额头使劲拍了一记，"我真给忘啦！那些不是修平那小子干的吧？"

"问过了，他说不是。况且他也没有理由做那些事。"

"也是啦……喂，我南人那家伙上哪去啦？又不见了喔？"

美铃小姐赶紧回答："啊，他刚才说要去把头发弄回原本的样子。"

勘一狠狠地骂道："那个浪荡子，真拿他没辙！"

"无论如何，大家还不能松懈下来，门窗记得关好，还有出入什么的也要多加小心。"

听见阿绀的提醒，大家都点头表示明白了。

❖　❖　❖

哎，原来我南人正在"春"居酒屋。他又把头发染回金色的了。坐在他旁边喝酒的是阿健先生。

"黑发造型挺适合您的，怎么又染回来了呢?"真奈美往我南人的杯子里斟酒。

"是挺不错的啦——，可是那样就认不出我是谁了嘛——"

"真是太好了，亚美姐也终于放下心了吧。"

阿健先生也点头附和。原来是这两位把亚美的事通知我南人的呀。我想起来了，亚美和蓝子讲这件事时，阿健先生也在场呢。

咦，慢着。这么说来，表示真奈美或是阿健先生，这两人的其中一位知道我南人的去处。到底是哪一位呢? 若是阿健先生倒还无所谓，假如是真奈美的话……，那可伤脑筋喽。要真是那么回事，我可没脸去见春美嫂了。先不说别的，真奈美是蓝子的学妹，即便我南人向来特立独行，总不好和女儿一般大的女孩交往……。唉，这儿子，愈想愈叫人发愁。暂且再看看状况吧。

"阿青的亲事好像也定了，我南人先生真是喜事一桩接一桩呀。"

"亲事——？阿青吗——？"

我南人吓了一大跳。哎，他好像还没听说这件事呢。真奈美帮忙说明了一下。

"噢——原来那个美铃是这么回事。是哦——，要嫁给阿青哟——。原来如此——"我南人一脸喜滋滋的。别瞧我南人那德行，他其实很疼孩子的，自然甚是欣喜吧。

"呃——美铃姓什么来着——？"

"说是牧原美铃小姐。"

"哦，姓牧原呀——。这么一来，我又得去她家拜访她的爸妈啰——"我南人虽然嘴里犯嘀咕嫌麻烦，脸上笑得可开心了。

"喔，那方面倒是省心了。"

"为什么——？"

"听说她妈妈在她中学时走了，爸爸也在今年过世了，家里就剩她一个了。"

"这样哦——"我南人不置可否地应着，似乎在寻思什么事情。

"我去打个电话哟——"

扔下这句话后，他就走出居酒屋了。

五

很快地，又过了三天。

这几天没发生什么怪事，重回往常的太平日子。花阳和研人忙着规划暑假上哪玩。不久，传来了好消息，他们今年能去叶山的海边尽情戏水。

"真是太幸运啰！"花阳笑嘻嘻地说。

听说胁坂家有亲戚在叶山经营旅馆，说是孩子可以尽管住在那边，到海水浴场玩个够。亚美的母亲好像还在卧床静养，不过胁坂先生和修平愿意轮流去那边陪这两个小孩。

"咱们家也得出个人手，看是阿青或美铃小姐都可以去吧。总不能把两个小萝卜头全扔给胁坂先生他们带。"

"说得也是。"

美铃小姐似乎已经完全融入这个吵吵闹闹的大家庭了。她来到这里的初衷，就是喜欢待在古书堆里，所以多数时间都是帮忙古书店这边的工作。毕竟家里几乎每个角落全堆满了书，光要整理这些就不轻松呢。没想到美铃小姐却非常开心地接下了这项任务，这让勘一和阿绀相当喜出望外。

只是，有件事叫人有点担心。我老觉得美铃小姐的心情有些沮丧。她在大家面前总是表现得活力十足，可是独自回到房里以后，却总是唉声叹气的，有时候还会偷偷抹泪呢。她这可怜的模样，自然只有我一个人瞧见了。我真想把这事告诉阿绀，无奈佛堂现在成了美铃小姐的房间，我没法和阿绀讲上话。

还有一个人也让我挂心——阿青。

自从美铃小姐来了以后，他就变得没精打采的，实在叫人怀疑这两个真是一对情侣吗？就连我也没瞧过他们单独在一起的模样。所以，我最近总是牢牢地跟着美铃小姐。噢，请千万别误会，美铃小姐确实是个好女孩哟，这一点我可以保证。

今天，美铃小姐照旧在整理书库。制作书目可是一桩大工程，到现在，咱们店里还没一份完整的库藏清单呢。现下既然有美铃小姐乐意帮忙，勘一便托她把还没登录上去的古书拣选出来。

美铃小姐从书库里出来了。大概是想歇息一下吧。只见她走进厨房，倒了麦茶喝下，叹了一声。

如同往常，古书店那边由勘一坐镇，咖啡厅由亚美看店，阿绀出门了，阿青和蓝子则带着花阳跟研人去买东西了。

美铃小姐离开了厨房，爬上二楼。我以为她要去整理放在二楼的书，却见她走进蓝子和花阳的房间了。当然，房里只要有空位也都堆满了书，但现在房里没人，挑这时候进去，未免不大恰当。

只见美铃小姐往一落落书堆里东翻西找。也许，她真是在整理书目吧。

"我们回来啰——"

喔，是花阳他们回来了。美铃小姐也从书堆里抬起头来，离开房间了。她的举动虽让人有些介意，可又说不上有什么问题。

就在那天晚上。

"爷爷。"阿绀唤了书斋里的勘一。

"是你啊，啥事？"

"我有些话想讲。"

"好啊。"

"您来客厅嘛！"

勘一不情愿地起身，嘴里叨念着：讲就讲，干嘛还要去那里，麻烦死了啦……。

咦，连我南人也在客厅，真稀奇哪。紧接着是蓝子、亚美，还有阿青跟美铃小姐也接连来到了客厅。

"为啥大家都来了？要开家庭会议？"勘一重重地坐了下来，"今天晚上真闷热哩！"他随手拿起一把团扇猛扇风。

"怎么样？由我来说吗？"阿绀问了我南人。

"好吧——。让我来说的话，只怕大家会愈听愈迷糊啰——"

我南人挺清楚自己的缺点嘛。嗯，到底有什么事要讲呢？

"姐……"

"怎么了？"

阿绀忽然正襟危坐。蓝子见状，不禁皱起眉头来。

"现在，我想把姐姐隐瞒多年的事说出来，可以吗？"

在场的人一片悄无声息。

"隐瞒多年的事？"

"就是花阳的父亲是谁。"

亚美不由得倒抽了一旦凉气，勘一也立时打直了腰杆，蓝子则凝视着阿绀。

"你认为，有必要现在说出来，是吗？"蓝子问道。

阿绀点了头，"我认为，时机应该成熟了。"

"这样吗……"蓝子嗫嚅着，眼神落向桌上。片刻过后，她抬起头来，毅然决然地注视阿绀，"我已经下定决心，这辈子绝不说出他是谁；不过，如果阿绀想要告诉大家，我不会阻止的。"

阿绀思考了片刻，点头表示明白了。

"我直接讲结论，花阳的父亲是槙野春雄先生，也就是姐姐以前的大学教授。"

"教授？"勘一瞪大了眼睛，"教授是……学校的老师？教书的？"

"是的。"

"臭家伙！竟然对自己的学生下手！"勘一整张脸顿时涨得通红。

"爷爷，您先把话听完再发飙也不迟。何况，就算要骂人，也找不到对象了。"

"啥意思？"

"槙野春雄先生，已经离开人世了。就在三个礼拜前。"

亚美和勘一都大为震惊，但我南人和阿青的脸上，却没有丝毫讶异的神色。他们两个，该不会早就知道了吧？我南人抱着胳臂，闭着的眼睛一直没有睁开，看起来像是睡着了。

"姐姐当初做了这个决定，爷爷也很清楚姐姐的个性吧？现在才生气也无济于事呀。我想，她绝不是以随随便便的心情，和对方在一起的。"

"话是没错啦……"

"姐姐和一个有妻有女的教授相爱，怀了孩子，她选择生下来自己抚养，一路努力到现在。我虽不晓得他们当初是怎么谈的，可以确定的是，姐姐很爱那位教授，并将两

156

人爱的结晶——花阳，小心翼翼地呵护长大。她没有造成对方的困扰，或许连有孩子的事，也根本没让对方知道。甚至说不定，他们只结合了那么一次而已。"

勘一锐眼瞪视着阿绀，问道："你去调查过了？"

阿绀点点头，"那位槙野先生，绝不是一个轻浮的人。据说，他颇受学生和学校的信赖，是个好老师；而且，似乎也是个好先生、好爸爸。听起来不像是个玩世不恭，会随便和学生上床的人。我想，他应该也做了相当的觉悟，才和姐姐在一起的。也许，他是真心爱着姐姐的。"

"混账！"勘一大声咆哮，"要是他对咱们蓝子根本没意思，那还了得！还有，你从方才啰唆了半天，到底是在讲给谁听啊？"

阿绀咧嘴笑道："不愧是爷爷！"

"哼！谁看不出来？"勘一闷哼一声，接着说，"……那，这些事，以前就算想查也无从查起，现在忽然找到了线索……我南人，是你吗？"

我南人睁开眼睛，缓缓地点了点头，"那个教授的名字，我一直记得哟——。那个时候，我曾猜过会不会是槙野教授呢？所以稍微调查了他的背景。他有太太也有小孩，小孩那时大概十岁左右。那孩子是他有些年纪了才生下的，听说宝贝得很哟——"

"然后咧？别卖关子啦，快讲！"

"那个孩子的名字呢——叫做槙野铃美。这名字有点特别，所以我还有印象啰——"

亚美喃喃念着"槙野铃美"这个名字。

"牧原铃美，槙野美铃……发音很像吧——？ * 老爹——"

"干啥？"

"你不觉得，花阳和美铃，两个长得有点像吗？比方她们的眼睛啦、鼻子啦。"

勘一咕哝几声，望向美铃小姐。美铃小姐一直把脸垂得低低的。阿青则紧抿着嘴唇。

"我去 M 大学调查过啰——。结果呢，国文系没有牧原美铃这个学生，倒是有槙野铃美这个人……。这些事，是从槙野春雄先生的妹妹，井口聪子女士那里打听到的哟——"

没有人开口说话，只听到美铃小姐发出的声音。她在哭。眼泪一滴又一滴地落在她的手上。

"对不起！"

美铃小姐倏然抬起头，迸出这句话。那张可爱的脸蛋早就哭花了。原来是这么回事呀。她一个人待在房里时，总是露出有些落寞的神情，竟有这层苦衷。这些日子以来，

---

* 两个名字的日语发音相近，牧原美铃是"Makihara Misuzu"，槙野铃美是"Makino Suzumi"。

她一直都在瞒骗大家，其实心里很苦吧。她不叫美铃，而是铃美，这两个名字都很可爱呢。

勘一轻轻地扬起手，搁在美铃小姐，喔不，是铃美小姐的头上，疼惜地摩挲着。

"唔，我早前就猜着大抵是这么回事啦！"

❖　❖　❖

"家父在临走前告诉我：你可能有个妹妹。"

铃美小姐一直哭个不停。蓝子温柔地抚着她的背，亚美递了手帕给她。家里的男人帮不上忙，只好抽抽烟、喝喝麦茶。只有阿青，握着铃美小姐的手。

好半晌，铃美小姐终于平静下来，这才说了前头的那句话。

"我实在太惊讶了。因为家父虽然个性温文，但做事一板一眼，十分严谨。他对我说，你不必特地去找她，不过，假如有一天，妹妹真的出现了，希望你能够接纳她，并且默默承受相关的一切。"

铃美小姐当时完全无法置信。

"我忍不住问了父亲：证据呢？我要知道，有什么证据可以证明爸爸爱上了妈妈以外的女人。家父听了，露出为难的表情。我告诉他，假如不说出对方的姓名或其他线索，

159

我不相信真有此事！"

于是，她才问出了蓝子的名字以及住处。

"铃美和我，是偶然间认识的。"阿青接下去说，"我们的认识，真的是巧合。差不多一年前吧，透过她的朋友介绍的。我打算找一天让她和大家见面，结果一直拖着没带她来。后来，她从父亲口中听到了那件事，由蓝姐的姓氏和店名，赫然发现我是她弟弟。我听了也吓一大跳。"

"不好意思，我插个话！"铃美小姐赶紧补充，"我是真的喜欢上阿青了。这和那件事真的完全不相关。虽然，从我得知那件事以后，曾经苦恼了一阵子，也想过要和他分手；可是，我后来还是想嫁给他，这个想法到现在都没有改变，是真的！"

大家脸上都浮起了微微的笑意。

"没人怀疑这点啦。……只是，你跑来咱们家，应该有你的目的吧？不是要怀疑你，不过，小偷入侵书库，还有蓝子的画被割，这两件事……"

阿绀点头，接口道："关于这两件事，我也调查过了。事情发生的那天，茅野先生不是刚好也在吗？他回去后打了电话给我，说他想了很久，应该是当时在家的人做的。所以呢……"

"唔？"

"我回想了当时的情况，独自一个人的只有我和铃美小姐而已。如果当时在书库里的是铃美小姐，她可以趁爷爷走回主屋喊我时，马上溜出书库，从厢房那边绕去厕所再过来。铃美小姐回来书库的时候，不是气喘吁吁的吗?"

铃美小姐移膝后退，面向蓝子双手平伏，额头都快贴到榻榻米上了，"对不起!"

蓝子露出温柔的微笑，把铃美小姐扶起来，"是书吧?你在找那本书吧?"

"书?"大家无不感到惊讶。

蓝子朝她点了头，告诉她:"等一下下喔。"

蓝子上去二楼，拿了一件东西下来。是一本厚厚的旧书，看起来像是学术著作。

勘一把书接了过来，眯起眼睛端详，"《江户汉学与近现代小说》槙野……这不是铃美小姐的父亲写的书吗?"

"您看版权页那边。"

勘一翻开版权页，众人纷纷探前端详。我也从上面瞄了一眼，好像瞧见了几个手写的字。

"献给我的唯一。感谢一路支持。……这是?"

"这是教授送给师母的书。教授把自己的第一本学术著作当成礼物，送给一直陪着他吃苦的师母。"

原来如此，所以书上才会留下了那些字迹。

"铃美小姐看过这本书吧?"

铃美小姐点点头，"家母时常拿给我看。她说，这是家

161

父写给她的唯一一封情书。家母说这事的时候，脸上总是充满幸福的喜悦。"

"你爸爸告诉你，他把这本书送给我了？"

铃美小姐又轻轻点了头。

"所以，你住进来，就是为了找这本书。"

阿青接着往下说："铃美说什么都不肯相信。她说，爸爸是如此深爱着妈妈，怎会把向妈妈示爱的礼物，送给了其他人呢？我想，她应该是不容许父母之间多了第三者吧。她坚称那本书一定是被那个女人强行索走的……。我一直跟她解释，蓝姐不是那种女人，可她还是听不进去。"

说到这里，阿青歉疚地看着蓝子，"我没料到，她居然真的跑来找书了。我曾跟她讲过，只要用个化名，说是要上门来嫁给我的，我们家的人一定觉得很有意思，保证会让她住下来的。……我是当玩笑话说给她听的，没想到她竟然当真了。"阿青也向蓝子低头，说声抱歉。

"那，把画割开，是为了什么？"阿绀发问。

铃美小姐正想解释，蓝子拦住没让她往下说，"那幅图，画的是铃美小姐的爸爸。我才画了一点点。看在别人的眼里，只是一幅普通的人物素描，可是铃美小姐一眼就看出来了。"

眼看着又要哭出来的铃美小姐也点头附和，"……看到那幅画的刹那，我脑中轰地一片空白。等我回过神来以后，已经做出那种事了⋯⋯"

"不要紧的，"蓝子微笑着说，"其实我也是在恍恍惚惚的状态下，画下那几笔的。听到你父亲过世的消息后，我明知自己没资格去吊祭，还是去参加了告别式，回来后成天魂不守舍，不知不觉中，就画起了那幅画⋯⋯。不过，多亏你动了手，我这才⋯⋯该怎么说呢，我也说不上来⋯⋯"说到这里，蓝子的眼中泛起泪光，"我才该向你道歉。这本书，是我硬向你父亲要来的。若说一切怪当时年轻气盛，只怕你听了会生气，可是那个时候，我很想要个东西当作见证。"

蓝子拿起那本书，搁在榻榻米上，轻轻地推还给铃美小姐。

"现在还给你。真的非常抱歉。"

蓝子面向美铃小姐，深深地伏在榻榻米上。

"我看呢——"

一片静默中，我南人忽然开口讲话："从整件事的结论来讲，阿青以后在老婆面前，大概一样抬不起头吧——。依我看，你还是少惹铃美生气比较好哦——"

大家轻轻地笑了。亚美打趣地说："爸爸，您说阿青'一样抬不起头'，意思是我很凶悍啰？"

"一点没错！每次瞧见亚美把来找阿青的女孩赶走时的

凶狠模样，我都快吓得尿裤子啦！"

勘一这番话，终于把大家逗得捧腹大笑了。

❖　❖　❖

"奶奶。"

那一夜，已是上周的事了。铃美小姐已经回到自己家，佛堂重又空了下来。

阿绀坐在佛龛前面唤了我。

"乖，好久没说上话喽。"

"嗯。不久后，又有人会来住这个房间了喔。"

"哦，你是说……"

"铃美小姐说她想到古书店正式学习。"

"这女孩还真特别哪。"

"就是说啊。她还说，顺道学学怎么当个好太太，可是奶奶和妈妈都不在了，只靠姐姐和亚美这两个，有办法教她吗？"

"她看来应该挺有天分的，没问题的。先不说那个，阿绀……"

"嗯？"

"花阳没不开心吗？"

"嗯，没事的。阿青已经把事情的始末说给她听了。结果花阳觉得铃美小姐像个女间谍一样，佩服得五体投地，也很高兴有了这个姐姐。她们两个好像很合得来喔。"

"真的呀？"

"嗯，奶奶不用操心。不过这么一来，家里又要热闹啰。"

"蓝子呢，要不要紧？我想，那本书其实是教授送给她的。这孩子不会硬抢东西的。"

"嗯，有道理……说得也是。不过，她应该没事的，这是她做的决定。"

"也是吧。总之，事情有了圆满的收场。经过这件事，蓝子这小孩应该又长大一些了。"

"她早就是个大姊了啦……咦，结束了喔？"

是的，结束了，辛苦你了。

阿绀无奈地笑了笑，朝小铜锣敲了一下。

不管怎么说，家里又多了个成员，真好。看来，往后又有更多开心的事喽。

嗯，不知几时能瞧见阿青当新郎官的模样呢？

秋

鼠贼雅盗与被遗忘的胸针

一

或许是残暑已去，早晚时分愈发凉意袭人。

结了秋果的树木随处可见，光是在这附近兜一圈，就有柿树、栗树、栎树和银杏。这一带，几乎家家户户都带个小院子，种些喜欢的树木。每逢这个季节，树梢枝桠间无不结实累累。

算算也该是金桂飘香的时候了。每年一闻到那个花香，心里总想着：啊！秋天来了，大伙差不多又要聊起过冬的话题了呢。如今我这模样，所幸还能享受到这些香气。要说有什么美中不足的，就是没法尝到美味的佳肴了吧。

十月里的某一天。

堀田家的早上，照例热闹得很。不过，这天可不只热闹，那叫一个闹腾。

哎，您那里也听见了吧？猫儿狗儿再加上研人和花阳，一大群在家里跑来跑去的声音，乒乒乓乓的。

平时不知上哪去的我南人，昨天夜里回来了。他怀里揣着小狗，而且一带就是两只。

他说，这两只小狗被装在纸箱里，扔在路边。一只是纯白的，另一只是褐色的，圆呼呼的。

"是不是混种狗呢？"

最喜欢动物的亚美，怜爱地抱起小狗说道。

"满像的。脚也不粗，可能是中型犬吧？"

"你带回来干啥？家里已经有四只猫了咧！"

"没办法啊——，人家都已经捡回来了嘛——"

"你还好意思说！"

真是的，已经是六十岁的人了，还像个小孩子一样。

"啊，大家快看！它们会坐下耶！"铃美笑嘻嘻地直拍手。

哟，真的哪。之前的主人好像已经教过基本的训练了。

"真拿你们没办法。那就交给花阳和研人照顾吧。你们有办法照顾小动物了吧？"

于是，为了让四只猫和两只狗互相适应，花阳和研人今天早上才会领着它们在家里跑来跑去。

娜拉和阿凹这两只年纪还不大的猫和两只小狗追着跑，

有时竖起尾巴威吓，有时一起戏耍闹玩，看起来应该没什么问题，过阵子就习惯了。玉三郎和本杰明则一副事不关己的模样，早早就溜上屋檐避难去了。

真要留下来养，就得帮它们起名字才行。

"我和研人，可以各取一个名字吗？"

"对了——，阿健好像和女儿一起住啰——"

"喂，拿乌醋来，乌醋！"

"应该可以养在家里吧？感觉上应该不会变成大狗。"

"咦，爷爷，您要在荷包蛋上淋乌醋？"

"我要在学校想。放学回来之前，你们绝对不可以先取好名字叫它喔！"

"真的？那是好事呀。他搬进那栋大厦吗？"

"上回拿错，把酱油加成了乌醋，结果挺好吃的哩！"

"小狗要是咬了书可就糟糕了，一定要好好训练喔。"

"不是，那里太小了，所以搬了个房子。听说还是在这附近吧——"

"爷爷！已经淋乌醋了，还要撒五香粉？"

"别管我！活到这把岁数，只剩下自个儿要吃的东西能作主了！喂，研人、花阳！"

"什么事？"

勘一笑眯眯地对两个孙儿说道："小狗的名字，既然两头都是母的，不如叫小秋跟小幸吧？"

171

这……莫非是从我和秋实的名字里各取一字？

"意思就是在秋天被捡来，从此过着幸福的日子。这样不是挺好的吗？"

研人和花阳四眼对看。大人们则露出复杂的表情，有的抬头瞪着天花板思忖，有的拿这名字在嘴里叨念了几回。片刻，研人和花阳笑了起来，一起点头答应。

"好呀！那，褐色的那只叫小秋！"

"白色的就叫小幸啰！"

哎，该说是荣幸吗？恐怕往后家里有人唤小狗时，我都得回头瞧一瞧喽。不晓得人在天国的秋实，此时是不是和我一样，无奈地摇头苦笑呢？

❖　　❖　　❖

"开车小心喔——"

"记得礼物喔——"

吃完早饭，花阳和研人一起站在门口，送阿绀开车出门了。这一路，阿绀得大老远地开到岐阜县去。

阿绀是在昨天晚上提起这件事的。

"要说岐阜的温泉，不就是飞驒还是下吕那里吗？全是好地方咧！"勘一的语气里满是遗憾。

"不是那些地方。听说，离那些有名的温泉都很远，所以才会关门歇业吧。"

事情是这样的。古书店接到了一通电话，说是岐阜县一家温泉小旅馆的老板打来的，老板说没人愿意继承旅馆，过阵子就要关门了，正在收拾屋子里的零碎东西，可是祖父留下了为数庞大的书册，想扔又舍不得，打算卖给当地的旧书店，恰巧儿子住在这附近，建议他和咱们这家店联络。

"他说，也许东京的店家会出比较高的价格收购。"

"真的吗？"铃美问了勘一。

"倒不见得。有的书商是透过书目图鉴做买卖，何况现在还多了网络交易的管道。虽然没法一概而论，不过就市场的规模来讲，当然是这边比较大，如果是昂贵的古书，也比较容易找到人买吧。"

那位旅馆老板告知藏书的数量超过一两千本。这种情形，有时会出现难得的珍本。所以，就算得耗费一些交通成本，但凡开古书店的人都会想去挖挖宝，试试手气。

"不过，这趟路程对爷爷来说太辛苦了，还是交给我跑一趟吧！"

满脸喜色的阿绀说得理由充分，连勘一也没法反驳。既然阿绀估价的眼力没问题，当爷爷的也只好让他去了。

173

出发后，一路车行顺畅。中途休息了一下，转眼已是下午。差不多该到了吧。阿绀把厢型车开下交流道，转进了狭窄的乡间小路。他把车子停到路边，拿出地图研究路线。

嗯，听说岐阜是个好地方，我也就搭上阿绀的车，顺道去了。要说我还活着和勘一做夫妻那些年，从早到晚都得忙着店里的生意、东挪西凑地过日子，即便偶尔有机会出个远门，也是陪他去进货，行话叫"淘书"。直到我阖了眼，还不曾去过宁静的温泉小镇，舒心惬意地享受一番呢。

噢，这样讲也不完全正确。自从花阳和研人出生以后，家里每年会安排出去玩一趟。尽管只是到近郊住个一晚的短程旅行，还是很让人开心。

"啊，在那里！"阿绀说道。当然，他只是说给自己听的。

远远的，有间日本式的房屋坐落在河边。那里应该就是即将歇业的"水祢旅馆"了。阿绀才刚把车停进旅馆的停车场，有个人就从屋里定出来了。

"远道而来，辛苦您了。您是堀田先生吧？"

"您好，是水祢先生吗？"

那位先生看起来约摸八十几岁，圆墩墩的体态，笑脸迎人。

"请进请进！不好意思，现在没营业，里头有些冷清。"

阿绀随着他走进旅馆的玄关，里面确实空荡荡的，不见人影。水祢先生无奈地笑了笑，再次说了声抱歉。

"不过，今天晚上我和厨师都会住在这里，澡堂也还有温泉，好歹可以让您吃顿饱、泡个澡。"

"啊，请别那么费心。"

这间旅馆充满传统的日本风情，虽然不大，倒也小巧精致，适合一家人或相偕三五好友来这里好好放松。

水祢先生领着阿绀走向房间，边走边聊。

"只能说时代不同了。如同我在电话里给您讲过的，儿子不愿接下这间旅馆，我打算趁自己还有体力时做个处理，把这里收了。"

"好可惜呀。旅馆卖了以后呢？"

"还不大清楚，我猜，可能会由大型连锁旅馆进驻吧。到了，就是这里。"

水祢先生打开了日式房间的拉门。哎哟，还真多哪！阿绀顿时眼神发亮。

"嗯，数量确实很多呢。"

这房间应该是小型的宴会厅吧。大小约摸有十五坪，榻榻米上全摆满了书。

"我对书是外行，先大致分了一下，方便您估价。那边是最近的，另一边是看起来很旧的书。"

175

他分得一点没错，已经把旧书和古书分开来了。这样估起价来方便多了，轻松不少。

"您的房间就在走廊的对面。我先送些糕饼和茶水过来。"

"不好意思，劳驾您费心了。"

水祢先生踏出了房门。眼前的光景，让阿绀纵使有长途旅程的疲惫，也早抛到九霄云外去了。他立刻拿出店里估价单，从角落取起一本书翻看。现在，就算旁边有人唤他，阿绀也听不见喽。

那么，我就到附近蹓跶蹓跶吧。可惜现在这模样没法泡温泉，那就欣赏欣赏满山的枫红，然后回家。是呀，只要知道地点，就能来去自如，这身子还挺方便的。

❖　❖　❖

一回到家里，只见勘一正在客厅里喝茶，略做休息。一旁的铃美和蓝子在聊些什么。

铃美在咱们家已经住得很习惯了，帮了咖啡厅不少忙，不过，她还是比较喜欢古书店的工作，所以太半时间都待在这里。勘一可是乐得很，说是有了古书店之花喽。

"不过，那里还是太小了吧？"蓝子说。

她们谈的是房间吧。一直让铃美住在佛堂里，未免太委屈了，于是两人正式订婚，搬进阿青的房间里了。虽说阿青常不在家，毕竟两个年轻人窝在四坪大的房间里，挺可怜的。

"所以咧，我那里让给你们！"勘一说道。

铃美慌得猛摇手，直说那怎么行！其实，家里都已经讲好了。

"佛堂老是空着也怪可惜的，不如我搬进去住。"

勘一现在睡的那间厢房书斋，只要把里面的书册和书架清理出来，就有六坪大的空间，还是双开间的格局。

"离主屋远一点，最适合新婚夫妻喽！"

"可是，怎么好意思麻烦爷爷整理呢？"

"不碍事、不碍事！"勘一笑得乐呵呵的，"反正咱们家的规矩，就是要搬进去的人自己打扫，所以呢，你跟阿青两个就慢慢收拾吧！"说完，又哈哈大笑起来。

哟，要把堆在书斋里的书册和书架整理停当，得费好一番功夫喔。

听说，铃美实在不想独自住在和父亲一起生活过的那个家，就把屋子让给亲戚住了。

"那个没问题吧？"

"哪个？"

"就是那个嘛，房子跟土地的所有权啊！"

"没问题的。姑姑帮忙处理得很妥当。"

铃美说的姑姑，是指井口聪子女士吧。不久前，她还特地到家里一趟，亲自来看看侄女过得好不好，这才安心地回去了。井口女士挺中意阿青，还催他快些结婚，早日成为一家人。

噢，差点忘了说，他们两人的婚礼已经订在十二月举行了。很巧的是，阿青和铃美的生日都在十二月，所以就这么决定了。当然，地点选在祐圆兄的神社里，采用的是神道的结婚仪式。真期待哪。

"老勘！"

勘一刚回到店里，就有人叫他了。哟，这位好久不见了。

"嘿，勇造！"勘一笑着唤他。

"还活着啊？"

"托福托福。"

真的好一阵子没见，算算大概有两年了吧。勇造兄是勘一儿时的玩伴，早前在离这里约摸三百多公尺的对面开了一家荞麦面店，十几年前收了，店铺也卖了，住进隔壁那里的老人安养院。勇造兄看来气色都好，依然老当益壮。

"突然跑来，有事吗？"

"没什么。刚好听到安养院的职员要开车来这附近办事，就央他顺道载我来这里叙叙旧。"

原来是这样呀。

"顺便有一事相求。"

"有事找我？"

勇造兄说，安养院的大厅里摆了一座书架，供大家借书阅读。老实说，都不是些什么像样的书。

我想起来了，勇造兄很喜欢看书，以前可是咱们店里的老主顾。

"我是想，可以托你找些好书吗？只不过，预算不太多。"

勇造兄琢磨着，不如让安养院的其他人共享阅读之乐。如果勘一愿意提供定期更换的租书方式，更是再好不过。就不晓得勘一方不方便帮这个忙。

"怎么，就这点小事啊？拨通电话来就得了啦！"勘一拍了胸脯答应下来，"先准备个二、三十本，应该够吧？"

"好啊，反正大厅的那个书架也不大。"

"交给我！回头就开车送过去！"

勇造兄离开以后，勘一立刻着手挑书。开书店的，能亲自为顾客选书，再没比这个更教人开心的了。

"你觉得这本合不合适？"

铃美和阿青在店里一边交谈，一边把书往上叠。看来，他们正在找要送去勇造兄那里的书。

179

让我来瞧一瞧。诸如夏目漱石、芥川龙之介这些明治、
大正时期的文豪，自然是一定要的。嗯，还挑了小林信彦、
筒井康隆、星新一这几位作家。另外，还有阿佐田哲也、
五木宽之、宇野千代、半村良、都筑道夫、海野十三的作
品。嗯，这份书单还真丰富多彩。*

"历史小说跟翻译小说，要挑谁的？"

"嗯，总不能漏掉柴田錬三郎和池波正太郎吧。"**

"麦克贝恩或迪克·弗朗西斯之类的应该不错哦？"***

"唔，还可以。再多找个两本老人家也会喜欢的轻松小
品，比方现在的年轻作家写的啦，或是散文集啦。我去多

---

* 夏目漱石（1867-1916年）：日本小说家、评论家、英文学者，被称为"国民
大作家"；芥川龙之介（1892-1927年）：日本小说家，代表作《竹林中》（1922
年）1950年由黑泽明拍成电影《罗生门》。小林信彦（1932年- ）：日本小说
家、评论家、新闻记者；筒井康隆（1934年- ）：日本小说家、科幻作家和演
员；星新一（1926-1997年）：日本科幻作家；阿佐田哲也：日本小说家、散文
家色川武大（1929-1989年）的笔名；五木宽之（1932年- ）：日本小说家、随
笔家、词作家；宇野千代（1897-1996年）：日本女性小说家、随笔家；半村
良（1933-2002年）：日本小说家；都筑道夫（1929-2003年）：日本推理、科幻
作家；海野十三（1897-1949年）：日本科幻、推理、漫画、科普作家，被称为
"日本科幻小说之父"。

** 柴田錬三郎（1917-1978年）：日本小说家、纪实作家、中国文学研究者；
池波正太郎（1923-1990年）：日本时代小说、历史小说作家。

*** 麦克贝恩（Ed McBain，1926-2005）：美国推理小说作家；迪克·弗朗西斯
（Dick Francis，1920-2010）：英国小说家、越野障碍赛骑手。

弄一些比较艰涩的。"

"想个方式让他们以后可以直接开书单来，应该比较好吧？"

三个人就这样七嘴八舌的，总算凑齐了三十本左右，由阿青开车送过去了。

咖啡厅那边，蓝子正在更换展示的画作。哟，默多克先生的画也在墙上。默多克先生满面笑容地帮着蓝子一起挂画。

几天前，默多克先生带着花阳和研人去迪士尼乐园玩了一趟。说是有朋友从英国来找他，想去那里玩，所以来问问他们两个要不要一块去。

蓝子和默多克先生的关系，似乎依旧既没进展也没退步。对蓝子而言，她深爱的人今年夏天才刚过世，现在就投入另一段感情未免太早。我倒觉得，这不失为挥别那段回忆的一个好方法，就不知她本人是怎么想的。

不久前，花阳还跟研人聊过，她妈妈干脆和阿青及铃美同时举行婚礼好了。这……我可不晓得恰不恰当了。

嗯，蓝子他们好像已经把画作换好了，默多克先生正坐在柜台边喝咖啡，亚美和蓝子则在洗杯盘。默多克先生朝整个咖啡厅看了一眼，又探头瞧了瞧古书店那边，一副有话要讲的样子。怎么了呢？

"蓝子小姐……"

“嗯。”

“我有话想跟你说。”

咦，听他的语气，似乎相当慎重。

亚美的眉头挑了一下，“不如我出去买东西吧？”

“喔，不用不用。嗯，我希望请亚美太太也一起听。”

“是哦？”亚美的表情，好像有些失望。

“蓝子小姐，要不要去英国呢？”

“英国？”

“默多克先生那里？”

默多克先生开心地笑着点了头，“其实，上回来的那个朋友，在英国经营画廊。他看了蓝子小姐的画以后，非常喜欢。想问你要不要在那边开画展？和我的画一起。”

“和默多克先生一起？”

一个虽是英国人，却精擅日本画；一个虽是日本人，却专画西洋画。那位英国朋友希望有机会帮默多克先生和蓝子两人合办画展。

“我觉得这个提议很有意思。我和蓝子小姐也曾经画过相同的题材，如果能在英国办个双人展，或许也不错。”

“所以，你才邀我去英国？”

“对。”

默多克先生有些难为情地笑了，“当然，蓝子小姐只送画作过去也可以。不过，开幕酒会，若是画家本人不在场，似乎也说不过去，而且，那个……如果你愿意和我一起回到我的国家，我会非常高兴。"

默多克先生满脸通红，连额头都是红通通的。这等于是正式求婚了呢。蓝子也一脸认真地思考着，只有亚美露出微笑，来回打量着眼前的两个人。

"画展什么时候要开？已经决定了吗？"亚美问说。

"万一蓝子小姐没有意愿，我打算自己办个展。朋友从以前就一直催我办了。作品已经累积了不少，就算一个月后就开展也没问题。"

"蓝子姐的画呢？数量足够开画展了吗？"

"数量是够的……"蓝子点头应话，但心里还在考虑。

"我不希望勉强你，也不必现在就给我答复。请尽管慢慢思考。还有，那个……"默多克先生表情恳切地说，"你也可以拒绝，没关系。不过，就算拒绝了，希望还是能够一如既往……呃，那个该怎么说呢？"

"你想说的是一如既往吧？不管有没有一起开画展，都能保持现在这样的关系。"亚美帮默多克先生把话说完。默多克先生忙不迭地点头称是。

"那是当然的呀！"

见到蓝子的微笑，默多克先生总算松了口气，也跟着露出了笑容。

这么一来，事情会怎么发展呢？先不说结婚什么的，能在外国办画展，可是一件好消息。花阳已经上六年级了，就算妈妈几天不在家也无妨。何况咱们家成天闹哄哄的，根本没个静下来的时候，又怎会让她觉得孤单呢。

❖　　❖　　❖

嗯，该是张罗晚饭的时间了。阿绀那边，不知进行得还顺利吗？我过去瞧一瞧吧。

宽广的宴会厅里，阿绀缓缓地挪动着，一边写下每本书的估价。若要每册逐一仔细翻看才标价，恐怕相当耗时，因而有些书种他看过一眼即抓个粗估。当然，其中也可能掺着特别的珍本，这就得靠多年培养出来的直觉了。他把看完的部分叠成一落落书山，才方便之后向水祢先生说明每一落约摸值多少钱。

"堀田先生。"水祢先生走了进来。

"啊，您好。"

"请问六点左右用餐，可以吗？"

"不好意思，麻烦您了。"

"别这么说，我也陪您一道吃。稍后请移驾到隔壁用餐。"

阿绀和水祢先生相对而坐，两人面前都摆着一方小巧的食案，落坐后便开始用餐了。瞧这菜色，还真豪华呀。

之后回去说给勘一他们听，可要羡慕死喽。

"请问进行得如何？"

"嗯，我想再两、三个钟头，就可以全部估完了吧。"

"大概值个多少钱呢？"

阿绀苦笑着回答："现阶段还很难讲。现代小说那一类的，恐怕没法出太好的价钱；不过，日式线装古书的数量也不少，有些看起来挺值钱的。"

"这样啊。"

"不过，您先别抱太大的期望。就当作全部加起来大概几十万左右吧。"

"喔，这样我已经很满意了。"水袮先生笑着说。

嗯，我瞧着也约摸是这个谱。除非里头又出现了好东西。

"我们就睡在柜台后面，有什么事请尽管吩咐一声。"

二

时间来到隔天中午。

"勇造打电话来?"

"是呀,他说等一下会过来。"蓝子转述给勘一听。

"啥事?干嘛专程打了电话以后再来哩?"

家里的午饭照例是轮流吃的。现下在客厅里吃饭的是勘一、我南人、蓝子和阿青。亚美和铃美则在看店。

最近阿青和旅行社刚签了新契约,待在家里的时间变多了。看来,他是下定决心要继承家业了。当然,目前还没完全辞掉导游的工作。

打从一开始,我南人压根就没想接下这家店,所以,勘一死了以后要由谁来继承的话题,已经在家里谈了好些年了。尽管大家都认为,总不能让这家传承数代的"东京BANDWAGON"歇业,无奈身为长孙的阿绀,似乎不大想站在第一线接掌店主之职。"我的个性适合待在幕后"——阿绀老把这句话挂在嘴边。他还说,如果阿青愿意继承,他很乐意从旁协助。眼下阿青似乎真动了这个念头，阿绀相当高兴。

"该不会是送去的书，出了什么问题吧？"阿青猜想。

勘一也想了半晌，却没有任何头绪。

"打扰了！"

哟，这声音可不是……

"您好，正在用餐吗？"

是嘛，可不是茅野先生！今天他身穿格纹西装外套，搭了条阿斯科特领巾，帅气十足。真不知他怎能总是一派潇洒地出现呢？刑警一般不都是不修边幅的呀。这，该不会是我的成见吧？

"早吃完收拾好啦。今天没出勤？"

"对，而且太太还跟朋友去旅行了。"

"所以可以来古书店逛个过瘾喽？"

两人一齐笑了起来。

哎，茅野太太偶尔也得去散散心，否则嫁了个刑警外带旧书搜集狂，谁吃得消哪。

"是小狗的叫声。"茅野先生说道。

嗯，上回跟他提过家里养了狗的事。四只猫和两只狗，现在都能和平共处了，让人松了口气。不过，有件事挺伤脑筋的。玉三郎是只母猫，她好像把小幸和小秋当成自己的孩子，只要有人抱起这两只小狗，玉三郎就会竖起尾巴生气。或许等小幸和小秋长大些，情况就会改善。现在这两只小狗还让它们待在笼子里，由花阳和研人拼命训练中。

"打扰喽。"

哟，才说着，勇造兄就到了，还带了位穿西装的年轻人一道来。

"不知去向？"

"今天早上离开的？"

勇造兄和那位年轻人一起点头。年轻人是安养院的职员，叫做和泉先生。一听到"不知去向"这四个字，正在埋首书堆的茅野先生反射性地抬头望向这边。

"喔，别担心，这位是店里的老主顾，还是位刑警先生。不过，他负责的好像不是寻人就是了。"

得知茅野先生是警察，勇造兄点着头说声原来如此。

"不过，这事听着就教人不放心哩。大家都到客厅来说吧。"

除了勘一之外，阿青和铃美也陪着听看看是怎么一回事，但阿青仍是坐在账台那边兼着看店。勘一也邀了茅野先生一起旁听。真不好意思哪，三番两次麻烦茅野先生。

"安养院有位松谷峰子女士，今天早上向职员登记外出后就出门了，说是要去儿子家。没想到隔没多久，她儿子居然来到安养院想要探望母亲。"

"这么说……"

勇造兄点头表示勘一猜得没错，"她说要去儿子家是骗人的。这么一来，她到底上哪去了？这下大家开始慌了，实在想不出她会去哪里呀。"

"不好意思，这么说或许不太礼貌……"铃美开口问说，"会不会是因为失智而走失了？"

勇造兄跟和泉先生同时扬起手来摇个不停。

"峰子女士还没上七十，身体跟脑筋也都还很灵光，不可能是那个原因。"

"这样啊。"勘一点头表示明白了，旋又换上了纳闷的表情：既然如此，那又为何要来店里商量呢？

"所以呢，老勘……"

"怎样？"

"我们来这里，是因为峰子女士带着老勘这里的书出门去了。"

"书？"

"我们店里的？"

勇造兄拿出一张纪录，一面解释："我做了一张借阅表，这样才知道谁借了哪本书。峰子女士昨天就先借走了一本。之前几乎没瞧过她看书。"

"哦？"

"后来，我们去查看她房里的私人物品，除了她随身的小提包外，其他东西都在，但是找不到那本书。"

勘一几个人这才明白过来地点点头。

"会不会是正好读到一半，所以随手带出门呢？"阿青问说。

勇造兄摇头说道："我们也想过。如果是口袋书还有可能，但那本可是精装书。她的提包就那么小小一个，再怎么想都是特地带走的。"

"那，书是哪一本？"

勇造兄看着借阅表念出来："小坂红叶的《ABC 小径》。"

"这本哦……"

勘一和茅野先生同时说了这句，其他人则歪着脑袋想。嗯，这个人名和书名，我也都没听过。

"谁啊？"阿青问说。

"不好意思，"铃美举起手来，"是不是那位从车站月台跳下去自尽的女作家？"

"嘿，没错没错！铃美，你居然知道！"

"我也只知道她的名字而已。"

"很有名吗？"阿青再问。

"现在应该没人知道她了吧。"茅野先生说道。勘一也点头附和。

"当时还曾经风传，她可能会得芥川奖呢。"

"是啊。那本书，应该算是散文集吧。当时，她成天窝在银座一家咖啡厅的窗座，边想边写，完成这本书交给编辑以后，当天就自杀了。"

"为什么要把那种书送去安养院啊？"阿青不敢置信地问说。是呀，我和阿青的想法一样呢。

勘一抓着头辩解："我想说，顶多只有她的书迷和颇有钻研的爱书人，才会知道那件事嘛。这书本身写得挺好的咧。里面提到了当时流行的东西啦、外国的事情啦，不管是装帧还是讲的内容，全都充满浓浓的昭和氛围。我想，现在刚好流行复古风，挑这本应该不错吧。"

"大概是什么时候的书？"

"我记得是昭和三十年左右。"

听完，大家茅塞顿开地点着头。这时，勇造兄开口了：

"说不定她差不多快回来了。假如到了晚上还没回去的话，到时候再报警请求协寻。在那之前，我们想先找找看有没有什么线索，所以才会来问问那本书的相关资料。"说完，他看向茅野先生。

茅野先生使劲地点头赞许："这样做很好。"

话虽这么说，可勘一根本毫无头绪。

"请问……"和泉先生探出了身子，"您刚说，那本书是在银座的咖啡厅里写的？"

"是啊。"

"我记得峰子女士的娘家以前是在银座做生意的。很久以前好像曾听她提起。”

"是喔，"勘一说道，"这么说，书里有可能写了有关她家的事啰？"

"所以，那本书也许就是她行踪不明的原因了。"铃美说。

"有可能。爷爷，还有同一本书吗？"

勘一摇头说道："没了啦。不过，别家店总该找得到一两本。阿青，你上网查查看吧！"

"得令！"

我想，您或许知道，旧书店共同成立了库存的网络平台，方便同业们上网搜寻图书。当然，不是每本现有藏书都登录在里头。

阿青在店里上网查询，其他人在客厅里随意聊聊，等待他的结果。

"找到了！"阿青的呼声从店里传来。

"在哪？"

"离我们最近的，应该是神保町的'雄山堂'。哦，标价是四千圆耶。"

书价挺高的呢。

"爷爷，这么贵的书您还借给安养院啊？"

阿青才说完，勘一的脸色倏然有些愠怒，"混账！管它多少钱！只要让在那里安养天年的人都能读到好书，我就开心啦。先别讲那些了，阿青，你快骑摩托车去买。我会打电话请雄山堂留下来。"

"知道了。"

"骑车小心。"铃美到门口目送阿青出发。

"你叫和泉先生来着？去问个清楚，那位峰子女士的娘家是在银座的哪一带？"

大伙一下子都忙起来了。要是那位峰子女士过一下子就回来，那就一切平安喽。不过，她到底上哪去了呢？

❖　❖　❖

时间来到下午两点了。

阿青从神保町的"雄山堂"买回那本散文集后，大家立刻着手从书里寻找线索。端坐正中的勘一揭开书页，左右两旁各是勇造兄和阿青一同帮着查看，阿青也把笔记本电脑搬来桌上，一旦发现具有参考价值的内文段落，便僻里啪啦地敲起键盘，输入电脑里面。

大家讨论以后认为，如果文章中的某些字句促使峰子女士离开安养院，那么，书里出现的地点和场所，就成为关键的线索了。而且先摘要下来，也方便大家稍后分头找人，所以阿青才会把相关资料全部建档。瞧他的手指熟练地在键盘上飞舞着，仿佛变魔术一般，真不愧是盲打高手哪！

和泉先生刚才打听到峰子女士娘家的消息了，正在餐桌前写下来。

哎呀，原来她是"鸭居堂"的千金？虽是好多年以前的事了，可我还记得呢。我去银座的时候，曾上门光顾过几回。如果记得没错，应该是一家专卖和服配件的店家。说起来，还真没留意过那家店是几时歇业的。

"我说，铃美啊。"

"我在这！"

"你可以帮忙找找，昭和三十几年的银座详细地图或是导览图之类的吗？我好像在店里瞧见过。"

"啊，老板，那方面我在行！"

说话的人是茅野先生。我想起来了，他也喜欢搜集老地图。于是，茅野先生陪着铃美一起到书架那边找起来了。

这正是古书店发挥真功夫的时刻！很快地，能够看出银座当时面貌的物件，全都找来了。大家纷纷聚到餐桌边浏览地图。

"照这么看来，"勘一看着阿青缮打后列印出来的纸面，说道，"峰子女士有可能认识这位小坂红叶。"

茅野先生点头附议："看来是这样没错。那时候，小坂是二十二岁，峰子女士是十五岁。"

小坂红叶是在她叔父经营的咖啡厅"巴西"，写完最后那本散文集的。在书里和相关资料中都曾提到，她经常一整天泡在那里。对照当时的地图即可发现，峰子女士的娘家"鸭居堂"就在"巴西"咖啡厅的不远处。

再来,翻到小坂红叶那本《ABC小径》的目录。如同书名所示,篇名是依照英文字母顺序,由A一路列到Z的。A是〈我这个女人〉,B是〈布尔乔亚的乐趣〉,C是〈血和珠宝和少女〉……,依此类推。*

而且,文章里除了作家本身,其他的人物或建筑等各种名称,都以英文字母代称,看起来很有可能都是真实的人事物。举个段落做例子:"S出版社的编辑K. C小姐总是抬头挺胸,黑色的高跟鞋蹬着清脆的声响,英姿飒爽地走在G的街头。我坐在B的老位子上,每回瞧见她那抖擞的身影,总是……"。依照上面这段叙述来看,G应该是指银座,而B则是坐落在那里的"巴西"咖啡厅吧。

"好啦,大家有什么看法?茅野先生,您是专家。"

茅野先生思忖了片刻才开口:"假设峰子女士就是读了这本散文集里的片段,以至于下落不明……"

"嗯。"勇造兄跟和泉先生都点头同意。

"如果这里面也写了峰子女士的事,应该也是用英文字母的代称。峰子女士,婚前的娘家姓氏是鸭居,而鸭居峰子的缩写不是K.M就是M.K,但是书里都没找到。这么一

---

* 依照日语拼音,"我"（あたし/atashi）为A开头,"布尔乔亚"（ブルヂョア/bourgeois）为B开头,"血"（ち/chi）为C开头。

来，很可能是 M 妹或是 K 小姐吧。有出现 M 妹这个字眼的散文，只有这篇。"

阿青于是翻到那一页——"C〈血和珠宝和少女〉"。

这个标题真不祥哪。不过，起头的部分，瞧着倒是挺有牧歌的氛围："假日的一天，我爬上了树……"。我原以为，一个女人家写自己爬到树上，大抵是回忆童年的时光，没想到根本不是那么回事。

根据文中的描述，这个 M 妹生日时，收到了一位男性友人致赠的礼物，是一只嵌有耀眼宝石的胸针，而且是那位男性友人祖传的珠宝。作者红叶小姐非常喜欢那只胸针，很嫉妒还是个孩子的 M 妹竟能收到如此贵重的礼物，也对于 M 妹是天生丽质的美人胚子很是恼恨……。文章就是以淡淡的口吻，剖析她自己当时的心境。

这位红叶小姐似乎是个情感起伏相当激烈的人。当时，那位 M 妹是红叶小姐的手帕交。正月年节，她和 M 妹相偕去神社做新年初次参拜。挨肩擦膀的人潮，把 M 妹别在衣服上的那只胸针给挤掉了。红叶小姐眼尖瞥见，赶忙捡拾起来，原想收进怀里，却突然改变了主意，朝眼前一棵神社里的大树用力扔过去了。

"'那只胸针落在枝桠间，隐隐发亮，看得我心乱如麻……'唔，还真是任性脾气。后来，这位红叶小姐做了反省，想把那只胸针还给 M 妹，便趁着假日爬上那棵树寻找。"

"那么，标题里的'血'字是指？"

勘一没好气地笑着说："爬是爬上去啦，可却掉了下来，大腿被树枝刺中，流了很多血——书上是这样写的。"

"胸针呢？"

"她跌下来后住了院，好一阵子腿脚都不能动弹，到她写这篇文章时都还没找着。最后写了这么一段：'就在刚刚，M妹才经过窗前，朝我开心地挥着手。那纯真无邪的笑容，使我下定了决心，明天非得爬上树去找找！'"

"依这么看来……"勘一寻思片刻，接着说，"假如这个M妹就是峰子女士的话，她应该一看就明白，那只胸针是她的。所以，才想出门去找。"

"可是，"阿青开口说，"呃，这本书是昭和三十四年出版的耶？算起来已经是四、五十年前的事了，再怎么想，也不可能找得到啊。"

"女人心就是那么回事嘛！铃美，你说对吧？"

铃美用力点了头，"要是我，一定会去找找看！"

这要换做我，也会去找呢。就算明知早没了，还是想去试一试。再说，神社那地方，就算过了四、五十年，多半还是老样子的。

"如果真是去找东西，跟职员坦白直说就行了，为何要捏造去处呢？"

听了勇造兄的疑问，大家也觉得有道理，纷纷抱胸思

鼠贼雅盗与被遗忘的胸针

索。是呀，这点真教人费解。

"唔，总之，从这本书里能找着的线索也就只有这一条了。她们新年参拜去的神社是哪间？"

"这个嘛……"茅野先生搔搔头说，"神社的部分，上头只写着神社而已。"

众人又开始苦思起来了。

"也许她觉得在神社冠上英文字母不大好，又或者，当时在银座一带提起神社，大家都知道是指那一间。"

"也不一定只限于银座一带呀。还有其他新年参拜的知名神社，比方明治神宫啦、神田明神啦、浅草寺啦。"

"浅草寺是寺院！"

"不好意思，"铃美插进来说，"不如问问那位峰子女士的儿子？也许他们家一直都是去同一间神社做新年参拜，要不，也可能听母亲提过从前是上哪参拜的。"

一时间，大伙你看我，我看你。

"有道理。"

和泉先生赶紧冲去打电话。与此同时，门口传来阿绀的声音："我回来了。"

哟，这么快就回来了呀。

"喔，辛苦啦。"

听到勘一的慰劳，阿绀点了头，表情却不大对劲。他叹着气，走进客厅，沮丧地跌坐下来。

"茅野先生，还有勇造爷爷，您们都来了。"

阿绀狐疑地看了一圈，大抵不解这些人怎会凑到一起的吧。

"发生什么事了吗？"

"是有点状况。怎么？累啦？"

阿青和铃美也觉得奇怪地看着阿绀。阿绀看起来身心俱疲，简直和失了魂没两样。听见勘一问他，先是点头含糊地应了声，接着说："您们好像正在谈事情，先忙吧。"

"还好，"勇造兄开口说道，"这边暂时只能等着。"

"出了什么事，讲来听听。搞砸了？"

瞧见阿绀一脸疲倦，亚美去沏了茶给他。阿绀轻轻点头谢过，香甜地喝了一口。

"屋里一个人也没有。"

"啥？"

阿绀皱起眉头说道："我昨天的确把书都估价完毕了，到了今天早上一看，所有的书全都消失无踪，连老板也不见人影了。"

"你说啥？"

三

迟迟等不到和泉先生的电话联络，这群人一时半刻也无计可施，总不成把东京每一间神社全找个遍。不如，先听听阿绀的奇遇。

"简单讲，起先一切很顺利。"

是嘛，我瞧着也是这么回事。那位水祢先生看起来是个好人。

"听起来是桩好生意呀。"茅野先生由衷说道。

"你不是去吃了好吃的，还泡了温泉吗？"

阿绀点了头说："一开始，什么问题也没有。我泡了温泉，又继续估价到半夜，做到晚上十二点左右吧，心想刚好是睡觉的时间，就直接回房了。早上大概是七点起床。"

那么，应该是在他起床后，才发生怪事的吧？

"等你起床之后，那个叫水祢的人已经不见了？"茅野先生倏然眸光如电。

"就是说啊。我洗了脸换好衣服，出了房门准备吃早饭，走到柜台后面想问问在哪里用餐，结果——"

"谁也不在了。"阿青抢着说完。

阿绀点点头，又接下去说："我纳闷着他们上哪去了，又到原本摆满了书的房间一瞧……"

"那些书全都不见了吧。"

"事有蹊跷哪。"茅野先生嗫嚅说道。勇造兄跟和泉先生也倾着脖子帮着想。

"最奇怪的，就是那些书了。"阿绀说道，"要搬走那么多书，可得费上好大一番功夫耶。就算是半夜偷偷运走，我就睡在旁边的房间，怎会一点动静都没听见呢？何况，又不是那种隔音设备很好的旅馆。"

就是说呀。我记得那里的房间，靠走廊边的出入口装的只是一般的纸门，虽然里面还隔了另一道纸门，其实房外的动静还是听得一清二楚。

"最奇怪的是，为何要把书搬走。"茅野先生寻思着说道，"完全看不出他的目的是什么。就算这是那个叫水祢的人设计的恶作剧，这样做有什么好处呢？绀先生损失的，顶多只是车子的油钱和宝贵的时间罢了。况且对方也提供了好吃的晚餐和舒服的温泉，两边算是扯平了吧。"

这样说来，也挺有道理的。

"然后，你就回来了？"

阿绀歪着脑袋边想边说："我把旅馆上上下下找了个

遍，忽然有个穿西装的男人走进来，问我是谁。"

"他是谁啊？"

"房屋中介。"

"房屋中介？"

"说是他公司买下了那家旅馆。公司接到了通报，这家旅馆半夜还亮着灯，所以来看看情况。还说那里在一个月前已经不再营业了，他也不认识水祢先生。"

"搞什么啊？"

连一旁静听着的铃美，也不由得浑身发抖。夏天都过了，还说什么鬼故事哪。

"这也许是种诈骗手法吧。"茅野先生说道，"假如真是设局诈骗，水祢和那个房仲就是一伙的。不过，我方才也提过很多次了，这么做的目的是什么？"

始终沉思不语的勘一，倏然抬起头来。他好像想到了什么，又不大确定。

"您想到什么了吗？"

"唔……"

吞吞吐吐的，真把人给急坏喽。勘一到底想到什么了呢？

"该不会……"勘一抬起手掌往脑门直搓，"我问你，你估价时，用的是盖了店章的估价单吗？"

"是啊？"

和往常一样，阿绀用的是店里的估价单。勘一咕哝了几声，这才开口说道：

"我猜，咱们可能被窃价了。"

"窃价？"

哎呀，竟是"窃价"？这个字眼我压根早忘了。

"那是什么？"

阿绀和阿青都不懂。也难怪他们没听过。现如今，就算做这勾当，也尝不到什么甜头了。

"那是很久以前的事了，而且得是在战争开打前的那个年代才行得通。茅野先生听过吗？"

"不，我也没听过。"

勘一思忖片刻，点了头后才开始说："旧书的价格，说穿了就是供给和需求之间的角力，再来就靠书商的眼力了。并不是愈旧的书一定愈值钱。外行人根本不晓得该怎么标价。"

"是啊。"

"打个比方。如果偷来的东西里头夹了本旧书，小偷该怎么办哩？"

茅野先生想了一会儿，说道："嗯，首先想到的，当然是卖给旧书店啰。可是，这得冒着被逮的风险。"

"是吧？所以最好还是自个儿拿去黑市买卖。当然啦，现在讲的是明治、大正，还是昭和初期那会儿的事了。说

203

起那时候啊，就算同样是旧书店，比起开在乡下的，自然是在繁华东京做生意的名气来得响亮多喽!"

"原来如此。"阿绀懂了，"也就是说，如果书上附着本店标示的价格，也就相当于合理价了。"

勘一点头说道："小偷就可以拿去向乡下的收藏迷兜售，每本书上头都标了价钱，况且还是'东京BANDWAGON'那家响叮当的东京大店亲自标示的价格哩。"

茅野先生双手拍了一响，说道："也就等同于鉴定书吧?"

"正是。"

"那，"阿青说，"这件事，就是为了窃价而设下的骗局吗?"

"没道理。"勘一摇摇头，"到了现在的时代，这一招已经行不通了。就算有咱们的估价单，也捞不到任何好处;不管到日本的哪一家旧书店，全都是一样的结果。如果有人想藉此卖个好价钱，反倒会露馅哩。"

"老板说得没错。"茅野先生连连点头，接着说，"不过，依此推论，这次还真是一桩纯粹的'窃价'事件了。毕竟对方大费周章，最后得到的只有'东京BANDWAGON'的估价单而已。"

"问题是，到了这个时代，那只是没什么用处的纸条而已。"

"最大的疑点，在于对方为什么要做这种事。"

铃美指出了关键后，众人重又陷入沉思了。

"不，最大的谜团，应该是那些书消失了吧？"

说话的人是阿青。

"即便对方的目标就是锁定在'窃价'上，也没有理由非得三更半夜把那些书搬走不可。他大可让绀哥吃完早饭，说声辛苦了，让他再想想，如果决定卖掉，会把书寄给我们——这样不就得了？干嘛还得大半夜的蹑手蹑脚把书弄出去，简直自找麻烦嘛。"

"就是说啊。"阿绀接口道，"我最想不透的就是这一点。"

真让人百思不解哪。包括当刑警的茅野先生在内，一个个双臂交叉抱在胸前，冥思苦想。

要说教人在意的事，还有一件。我从方才就一直在等研人和花阳回来。瞧，蓝子和亚美也频频望着时钟。

按照今天的课表，他们早该回来了。近来的治安愈来愈教人不放心，学校也开始采取更多保护学童安全的措施，比方让学生集体放学，以及请家长沿着放学路线协助导护等等。蓝子和亚美也加入了导护妈妈的行列，今天恰巧她们两人都没轮值。

学校和家里都交代孩子，放学后不可在外面逗留闲逛，一定要直接回家。听着不禁让人有些难过。在阿绀和蓝子上小学的时候，哪个小孩放学后不是在外头玩耍呢，处处

205

都可以看到好多小孩把书包随意扔着，就在路边玩起来了，那是稀松平常的光景。但是，现在的孩子们却不能那么做了。唉，只能说是时代改变了，这也是没法子的事。

蓝子走进客厅，开口说：“爷爷，打扰一下。”

“怎么？”

“研人和花阳还没回来。”

大家一齐抬头看钟。阿绀好像也察觉时间有点晚了。

“这么说倒是。”

“我想出去找找。由谁来看店呢？”

“那，麻烦铃美帮忙一下，只要顾咖啡厅那边就好。”

“喔，好的。”

蓝子还没来得及讲“就这么办吧”，门口已经传来一阵脚步声，以及响亮的叫声：

“我回来啦——！”

可不是研人吗？花阳也一块回来了。亚美和蓝子顿时露出了放下心来的表情，走向店里。接着，只听见她们咦了一声。怎么了吗？

待我定睛一瞧，研人和花阳的背后站着祐圆兄，以及一位陌生的妇人。是不是有什么事，请祐圆兄陪她一同登门央托呢？

“哎呀！”亚美忽然惊呼一声，“研人，你的脚怎么了？”

研人右边的小腿做了包扎，绷带上面还罩着弹性网。

祐圆兄连忙解释："不碍事的，虽然包成那样，其实只是擦伤，但是擦伤的面积比较大，所以才包扎起来。我想，今晚洗澡的时候，就可以拿掉了。"

"这样呀。"亚美点头表示明白了。

嗯，瞧研人还是一副活蹦乱跳的模样，应该没事吧。

亚美面带歉意地向祐圆兄说："这孩子又在神社里面奔跑时摔倒了吧？不好意思。"

大抵是这样的吧。放学回来的路上一定会经过祐圆兄那里，研人在院地里跑来跑去，这才跌跤了。

"关于这件事……"

那位气质高雅的妇人，满脸歉疚地对亚美说："真的非常抱歉，都怪我不好，才害令郎受伤的。"

"才不是呢！是研人自己要爬上去的啦！"花阳一副没好气的模样开口反驳。

"不不不，是我没看好他！"祐圆兄争着说。

"请别这么说，这一切都怪我。"妇人再次坚持。

这三个人就这么一人一句，抢成了一团的时候，也和祐圆兄相熟的勇造兄在里屋听见声音，笑着出来正想开口喊祐圆兄，却突然惊讶地脸色大变。

"可不是峰子女士吗？"

"咦，勇造先生，您在这？"

哎呀，这是怎么回事？

四

这下子，谁也顾不上店里的生意了，干脆挂上了"休息中"的牌子。客厅里，除了咱们全家人一字排开以外，还加上茅野先生、勇造兄、和泉先生、峰子女士以及祐圆兄。

好巧不巧，默多克先生偏挑这时候来。他喊了声午安，从后院的木门走了进来，手上还拿着一块油画布似的东西，大概是帮忙把蓝子的东西送过来的吧。所有人听见声音，齐齐转头望着他。

默多克先生瞧见客厅里的大阵仗，察觉了时机不大对。

"喔，我，等一下，再来。"

蓝子半起身地朝他说了声抱歉。没想到，勘一居然开口把他留了下来。

"既然来了，坐着不就得了。不巧屋里全满了，檐廊那边倒还空着吧。"

嗯，今天秋阳高照，坐着晒晒太阳也挺好的。一头雾水的默多克先生，只得依言在檐廊正身端坐在垫子上。小秋跟小幸跑过来磨蹭，他便陪它们玩一玩。

"好了，先解决这件事吧！"

众人对勘一的提议皆点头赞同。

"首先，您是峰子女士吧？"

勘一把事情的来龙去脉讲给峰子女士听，听得她惶恐又愧疚，不知怎么办好。

"真是给大家添麻烦了。"

"别这么说。"勘一劝慰她，"我才该感谢您帮研人料理伤口。只是，弄了半天，这本书里写的神社原来是祐圆那里啊？"

"是的，一直都是去那里。"

峰子女士说，从以前，她娘家和已逝的红叶小姐她家，新年的初次参拜总是到祐圆他家的神社。接着，她有些难为情地说：

"其实，这是我第一次读小坂小姐的书。虽然从前就知道她是作家了，可是我平时很少看书。昨天，在书架上看到她的名字，实在让人怀念，于是才拿起来翻看。"

"然后，看到上面写了那只胸针的事吧。"

峰子女士捂着嘴点了头，才又接着说："我完全忘了那回事。读到的瞬间，那一天的记忆赫然历历在目，把我吓了一大跳。我当时连那只胸针是在哪里弄丢的，都不晓得。"

毕竟事情已经过了几十年，峰子女士对离世已久的红叶小姐没有丝毫恨意，唯一留在心中的是红叶小姐当年对她的疼爱有加。

"该怎么形容呢，那时候的红叶小姐真的好时髦、好帅气。我也曾经憧憬过，想成为她那样的女人。"

"这样啊。"

峰子女士说，过去的记忆，一古脑地涌上心头翻搅。一等天亮，她便迫不及待地冲出门了。

"那感觉，仿佛回到了少女时代似的。".

我能体会她的心境。女人哪，不管活到多老，总想将那种感觉永远深藏在心底。

"所以，你就去祐圆那里了？"峰子女士的面颊泛起绯红，害羞地点点头。

好了，轮到研人说明了。

"回家路上，我看到主祭太爷跟这位奶奶站在神社的院地里，拿着书边看边讲话。我一看到封面，马上想起我们家曾经摆过同样的书。"

不愧是古书店的曾孙哪！

"我问他们在做什么，他们说这本书里写到的胸针，说不定到现在还挂在那棵树上，所以我就——"

研人一听，不管三七二十一就冲到那棵树下，一骨碌地往上爬了。

"我叫他不要爬，可是这家伙根本听不进！"花阳气呼呼地告状。

祐圆兄和峰子女士也急着阻止，可是研人都已经爬上树了，总不能把他硬拉下来。

"可是，他们说那是这位奶奶很宝贝的东西，谁听了都想帮她拿下来啊！"

"然后，研人爬到一半，就噜噜噜地一路滑下来了！"阿绀没好气地笑着说。

研人的小腿，就是那时候挂彩的。大家听了，忍不住笑了一下。研人真是个体贴的孩子呀。

他们还去拿了望远镜看，依然没能发现胸针的下落。祐圆兄也说，他没印象捡到过那样的东西。

"害府上的小朋友受伤了，实在过意不去；不过，今天对我来说，真的是充满回忆，又开心愉快的一天。没想到给素不相识的各位添了麻烦，真的由衷感谢诸位的关心，非常感谢大家。"说完，峰子女士深深一礼。

"哎，没事就好。不过，咱们不懂的是，为啥不老实说要上哪儿？假如照实说了，根本不会掀起这场轩然大波。"勘一再补上一句，"咱们可没一丁半点责怪您的意思喔。"

峰子女士点头说句她知道，满怀歉意地欲言又止，双颊愈发绯红。

瞧着她的模样，阿青倏然叫了一声："该不会……"

"该不会啥？"

"主祭爷爷，你……"

没礼貌，对着祖辈，怎可以直呼"你"呢！

咦，祐圆兄故作一副若无其事。瞧着他这表情，勘一也陡然朝大腿拍了一记响亮。

"喂喂喂，我说祐圆——"

"哎，那是古早以前的事喽，我也好几十年没见过她了。好久没这么愉快了，这样就好、这样就好。"

眼看着峰子女士的脸颊愈是涨红，难为情地笑了。

我猜呢，她不好意思让人知道要去会见多年以前的情人，一时脱口说是要去孩子家。大抵也就那么回事吧。

常听人家说，秋天的日头落得快，可此时的夕阳仍未下山，只将天边染上一片红霞。商店街也亮起灯火，正是做生意的好时机。熟菜摊、肉铺、蔬果店、鱼铺，揽客的吆喝声此起彼落，还不时飘来闻之垂涎的香味。

峰子女士随着祐圆兄、勇造兄及和泉先生一起回去了。她说改日再上门来玩。勘一还说了，等一下要把祐圆逮去"春"居酒屋，好好逼问一番。

"有人在吗？"

大家刚在门口送走了峰子女士，正要转身回屋，外头又有人喊门了。好像是有包裹送来了。一个穿着熟悉的制服的年轻小哥，来到店门前。

"送包裹吗？"阿青去应门。

"大概有一百箱左右，请问要放到哪里？"

"一百箱？"

"对。"

仔细一瞧，年轻小哥的手推车上叠着几只纸箱。货车开不进这边的巷子，只能停在外面宽一些的路边，用手推车送进来。

阿青转头问道："爷爷，今天会有大量货品送来吗？"

听到阿青的叫唤，阿绀和勘一一起来到门口。

"啥？没啊？"

"上面写着是书。"

"书？谁寄来的啊？"

年轻小哥看了送货单，说："是一位水祢先生寄的。"

"你说啥？"

真把人给吓坏喽。摆到院子里的纸箱总共有一百个。阿绀打开其中一只检查，里面还真是旧书。

"没错，就是我去估价的那些！"

勘一和茅野先生还有其他人，无不面面相觑。

"这么说，"茅野先生一个拍掌，"至少，可以明白他为何要趁着大半夜，把书搬走的理由了。"

"我懂了。"阿绀说，"他要赶在早上第一班收件的时间，让宅配公司在今天之内送到店里。"

"而且还不能和阿绀回来的时间相差太久……莫不是担心隔了太久，恐怕会惹出骚动吧？"

真教人费解，到底是怎么回事呢？

"其他箱子也打开来看看。说不定夹了信或纸条在里面。"

听茅野先生一说，大家开始分头打开纸箱。研人和花阳也帮着一起忙活，没来由地兴奋得很。

"找到啦！"

哟，找到的是研人。一只看起来普普通通的信封。他立刻交给了勘一。信封正面写着"堀田勘一先生惠启"，翻到后面，署名的是"水祢"。勘一赶忙拆封，从里头取出了一张信笺。大伙全围上去探瞧。

"对不起，我明白这不足以弥补过去犯下的错误。没承想还能窝囊地活到这把岁数。临走前，心里总惦着得向您赔个罪，于是布置了一场把戏。令孙的估价实在高明。总的来说，或与当时的金额有些差距，容我以现书归还贵店。权宜之计，还请付之一笑。望请保重玉体。书不尽言。　水祢"

信封里还附上阿绀写的估价单。

勘一皱起眉头，"这是……"

"爷爷，我现在才发现，如果把'水祢'倒过来读——"

"不正是'耗子'吗！"*

耗子……，这么说，就是那个耗子喽？

"以前给你们讲过吧？很多年以前，被一个叫耗子的淘书转卖客偷了店里的书。"

"对对对。"

"该不会，约摸就是这个金额吧？"

勘一抬眼望着天空，"我想想……换算现在的价值，大概就这个数吧。"

"这么说，这整件事……"

嗯，怕不就是那个耗子已经洗心革面，用这种法子把东西归还回来，而且还耍了个花招。

"那家旅馆，说不定真是他在金盆洗手之后经营的。"阿绀说道。

这也不无可能。他在信里提到临走前。算起来，耗子和勘一差不多年岁，也许身子不大好了。

"那个家伙……"勘一朝几乎堆满整个院子的纸箱看了一圈，"什么水祢嘛，无聊的俏皮话！"说着，摇了摇头，

---

* 两词的日语拼音恰好颠倒，水祢是"mizune"，耗子是"nezumi"。

无奈地笑了。

是呀，也只能苦笑了。毕竟是五十几年前的事了嘛。

大伙合力把纸箱搬进书库里，留待日后再慢慢整理。搬完后，大家都回到客厅里。

茅野先生说要告辞了。勘一瞧着时间也差不多了，邀他留下来吃个便饭。

"那怎么好意思。"

"反正太太不在家吧？"

"可是……"

"没什么，你只是来买书的，却累你搅进一堆麻烦里。唔……还真是'辛苦'你了哩！"

咦，很少听到勘一像这样话中有话哪。

茅野先生陡然挑眉，堆起笑来，边坐边说："这样吗？那么，我就恭敬不如从命了。"

"请问……"待在客厅里不知做什么好的默多克先生，开口问了勘一，"我可以回去了吗？"

"怎么，你还在啊？"

瞧勘一那表情，是真的很讶异。哪有人这么说话的！真想打他一记呀。

"既然还在，那就给我顺便留下来吃饭吧。"

我没听错吧？阿绀和阿青也瞪大了眼睛。默多克先生本人更是一脸好似撞见鬼了的表情。

"呃……真的可以吗？"

"还问什么可以不可以的，我不是说了叫你吃吗？"

哟，太阳打西边出来啦。看来，他终于接受默多克先生了呢。

"今天一天真够累的。也说不上来高兴还是不高兴，好像有点开心吧。吃饭时，陪我喝两盅吧。"勘一说完，还拍了默多克先生的肩头。

哎哟，默多克先生的眼眶都红了。一旁的阿绀和阿青，露出会心的一笑。

❖　❖　❖

哦，阿绀在佛堂里。不晓得能不能说上话呢？

"奶奶。"

"哎，今天还真忙得不可开交哪。"

"是啊。我们家好像每年总会遇上几次忙作一团的日子。"

"可能是灾星作祟吧。"

"对了，我突然想到。如果是奶奶，应该可以帮忙找找峰子女士的胸针吧？"

"咦，说得也是。都能飘到屋顶上了，树上也没什么问题吧。"

217

"不如帮她找一找？"

"不过，就算现在找着了，只怕有些多此一举。"

"这样啊。"

"总之，我会去帮忙瞧一瞧的。"

"说不定，光是晓得那东西还在树上，就能让峰子女士勇气百倍，决心在拿回来之前绝不能先走一步，多活上好几年呢。"

"有道理。我去试一试吧。……话说，那个耗子，我猜呢，应该是茅野先生帮着穿针引线的。"

"啥？茅野先生？"

"怎么，你没发现呀？不觉得他来的时机太巧了吗？就那么正好，保不准咱们会去报警的时刻，茅野先生偏巧上门，何况，他的部门不就是专抓小偷的吗？"

"原来如此。咦，这么说，那个耗子和茅野先生相熟啰？"

"嗯，这也不无可能……啊，结束了喔？"

是的，辛苦你喽。

阿绀无奈地笑着，敲了一下小铜锣，合掌祈拜。

这感觉该怎么形容呢。这话由我口中说来，怕不有些奇怪。总之，人可得好好活着，才能遇上种种新鲜事喔。

冬

一切都是为了爱

一

　　又是南天竹的果实转红的季节了。时序来到腊月，人
人或多或少都透着几分兴奋，毕竟骨子里摆脱不了对传统
年节氛围的期待嘛。

　　对了，默多克先生也是，每年到了十二月，总比平常
时来得喜眉笑眼。或许循用相同历法的国家，对时序更迭
的感觉都是一样的。

　　昨天夜里飘了些雪，等大家睡醒时已经融化了，唯独
茶花的头上还装点着雪白，美得像幅画似的。

　　蓝子往细竹尖上扎了橘子，插在院子里，花阳也学妈
妈一起做。这样一来，蓝鹊、斑鸫、麻雀那些可爱的小鸟
们会飞来啄食，成了冬天里赏心悦目的风景。只是，有
时连老鼠也会闻香而来。光瞧着外表，老鼠其实也是种可
爱的小动物，不过年轻女孩瞥见它，总要花容失色，惨叫
连连。还有一桩坏处是老鼠会咬书，这点倒是有些伤脑
筋了。

221

十二月的某一天。

堀田家的早晨依旧哄闹得很。不过，您不觉得今天早上，好像缺了点什么吗？是啊，上座那个位置空空如也。

勘一染了风寒，于是在佛堂铺了床褥让他躺睡养病。

"太爷爷还没好哦？"

"冷风直从窗缝钻进来哟——，得拿缝隙胶带还是什么的贴上才成——"

"烧是退了，但还咳得很厉害，还嚷着喉咙痛。"

"最好还是带去医院啦，会翘辫子的耶！"

"得想办法让佛堂里不要太干燥才行。"

"不准讲那种晦气话！"

"姜汤煮了吗？给爷爷喝了吗？"

"研人和花阳也要常常漱口喔。学校不也在流行感冒吗？"

"爷爷至少得吃点稀饭才好。"

"不管怎么劝，爷爷都不肯去。爸爸，您想想办法吧。"

今天餐桌上的话题全绕着勘一打转。蓝子让我南人去想想办法，我南人沉吟了半晌，开口说道：

"老爹打从心底痛恨医院，我也没办法啊——"

"可是，说句不好听的，爷爷已经上了年纪，再拖下去就越来越没体力了。"铃美也很担心。

"就是说呀。"亚美也跟着搭腔。

过了年，勘一就八十了，已经不是可以逞强的年岁了。

要是我还在，说什么也非要把他拖去医院不可；但勘一那牛脾气，孩子们说的话只当是耳边风。

"混账，趁着我不在，一个个狗嘴里吐不出象牙！"

勘一裹上了铺棉宽袖袍，步履蹒跚地从佛堂出来了。

"爷爷，您还好吗？"

"一点都不好！虽然不好，总得吃点稀饭，不然这把骨头可顶不住。"勘一费力地在上座坐了下来。

"请躺着休息吧。我现在就送过去。"

"混账，难不成叫我张嘴一口口让你们喂？每回喂完，反倒烧得厉害。少啰唆，快给我稀饭！别忘了咸梅干！"

"太爷爷，您还是去医院吧。只要打个点滴、吃个药，马上就治好了。"研人一脸担心地劝说。

"谢谢你啊。不过哩，人的身体有自己治病的能力，吃了药反倒减弱了自愈力，所以太爷爷要靠自己的力量治好！"

"话是这么说，可是总有个限度吧。"阿青边搅着纳豆边说，"上了年纪的人，免疫力也跟着变差了喔。还是去医院比较好啦。"

"少把我当老人家看！我现在不已经退烧了？快好了咧！"

大家都那么担心，勘一还这般顽固，真是棘手得很。尤其阿青和铃美更是分外忧心，因为十天以后，就是他们的大喜之日了。

"真要只是感冒也就算了，要是突然死翘翘那就惨啦。"

阿青胆敢如此口无遮拦，应该也是为了爷爷好吧。他真的很希望勘一能出席婚礼。

"我知道啦！一定会好的，包在我身上！"

阿青跟铃美的结婚日期，是在一个月前决定的，选在祐圆兄的神社里举行神道的结婚仪式。日期订在十二月二十日，当然挑了个大好的黄道吉日。选这天的理由是个巧合。阿青的生日是十二月十一日，铃美的生日是十二月九日，两人加起来恰好是二十日，况且这天又是个好日子，于是祐圆兄兴冲冲地决定就是这天。不过，他已经退休了，所以仪式就交由儿子康圆进行喽。

勘一起床和大家聊天吃了稀饭，过后又开始发烧了。佛堂的隔扇大敞，方便随时探看他的状况。大家请铃美留在里屋料理家事，一方面照顾勘一。当然，我也待在一旁看着他，无奈什么忙也帮不上。这种时候，不免怨起自己眼下的这副模样了。

古书店那边，由阿青和阿绀轮流看店，而咖啡厅照旧由亚美及蓝子负责。

我南人正在喝着咖啡，有位来客进门。哟，可不是二丁目"昭尔屋"的道下老板嘛。

"你好，好久不见。"

"嗨，小道，真的好久不见啰——"

道下老板是我南人的学弟。我记得他们小学和中学的时候常在一起玩。

"怎样，身体都好？"

"没什么好不好的——，到这年纪，谁都一个样吧——"

"小南还是一样年轻呀。"

只有我南人学生时代的朋友，会管他叫"小南"。

"昭尔屋叔叔，要喝什么吗？"蓝子问了声。

"喔，不用了。不好意思，我今天只是来借年尾要用的那个而已。石臼跟杵子，捣麻糬用的。"

"哦——"我南人抬头望着上面，"又到了这个时节啰——"

每年年底，昭尔屋都会用石臼跟杵子捣制麻糬。如果记得没错，通常是选在圣诞节过后，店里休息两三天，还向街坊借来杵臼，全家出动一起做，那情景很是壮观。春捣的那几天，这附近总像办场小祭典似的，好不热闹。捣好的麻糬原是店里要卖的，不过昭尔屋总会多准备些红豆馅啦、纳豆馅啦，还有黄豆粉什么的，把刚捣好的麻糬匀出一些来分送给大家享用。花阳和研人可是每一年都很期待呢。

"OK 啰——！等一下去仓库拿出来，洗好了送过去哟——"

"不好意思。今年订在二十七号跟二十八号捣麻糬，又

225

要麻烦你了！"

"知道啰——！OK 啰——！"

"那就拜托了！"

道下老板笑着走出去了。他大概还得去几户有杵臼的人家商借吧。这年头还有这东西的人家已经不多了。

"爸爸……"

目送道下老板离开后，蓝子坐到我南人的身旁。

"怎样——？"

"剩下没几天了，阿青的事该怎么办？"

"什么事——？"

"请别装傻。就是阿青的妈妈呀，他的生母。"

是呀，就是这件事。自从结婚日期决定了以后，大家总趁阿青不在场时，讨论这个话题。无奈关键人物的我南人直到昨天晚上，总算从什么地方晃回来了。

"假如已经过世了倒还无所谓，还活着的话，总不好没请她出席。"

我南人沉吟了片刻，才开口："可是，阿青希望她来吗——？"

"这么说，她还活在世上吧？爸爸知道她在哪里，对吧？"

我南人哼哼唧唧了半天，重要的事一个字也不肯说，只管拿手指绕圈圈。

"蓝子，假设说——"

"嗯？"

"就算阿青的生母还活着，我方才也说了，阿青也未必希望她来吧——？毕竟这个母亲，二十几年来都不曾探望过怀胎十月生下的孩子哩——"

我南人的话有道理。但蓝子仍不死心地靠上前去，紧盯着我南人的眼睛说道：

"即便如此，终归是爸爸爱过的人吧？爸爸当年亲口承认了有外遇对象，把阿青带回来抚养。对方毕竟是阿青的生母呀！我想，她应该是有什么苦衷，才没办法出面吧。我不相信爸爸会爱上那种把自己的孩子扔下不管的女人！"

是啊，我这儿子虽然吊儿郎当又不牢靠，但相信他在爱情方面，付出的都是真心诚意。

"再怎么说，这二十几年来，阿青的生母的确没来看过他啊——"

我南人虽再次辩解，但蓝子依旧不肯退让。

"就算是这样，同样身为人母，我相信只要她还活着，这世上没有一个母亲不想看到自己孩子穿上礼服结婚的模样！"

蓝子说得完全正确！

"你讲的是有道理啊——"我南人又哼唧起来，把那双修长的手臂抱在胸前，"我也想过，大概得和阿青谈谈这件

227

事才行，可是，没办法的事就是没办法的事嘛——"

"什么叫没办法的事？"

"就是没办法的事嘛——"

谁听得懂我南人在讲什么？

"不用了啦。"

哎呀，是阿青。不晓得什么时候，阿青来到了柜台里面。一旁的亚美来不及提醒我南人和蓝子，露出了抱歉的表情。

"我的老妈，只有死掉的那个老妈而已。"

看阿青的神情，并没有动怒。他平静地往下说：

"老爸的外遇对象，只不过是生下我的人而已吧？把我抚养长大的是堀田秋实，她是我这辈子唯一的母亲。这样就够了。蓝姐也不必挂念这件事，不过还是谢谢你这么关心我。"

说完，阿青转身要走，蓝子喊住了他："可是，阿青，万一生你的妈妈还活着，她说想要参加你的婚礼，要怎么办？"

阿青缓缓地转过身来，给了一个灿烂的笑脸，"我都快二十七了耶，不会像个毛头小孩大哭大吼地把她赶出去啦。如果生我的那个家伙还活着，说她想来，我也没有意见。不过呢，我大概不会跟她见面，也不会跟她讲话吧。"

阿青说完，就进屋去了。我南人又抱起胳臂哼唧半晌。

"蓝子——"

"嗯。"

"可以陪我走一趟吗——?"

"要去哪里?"

"去了就知道。亚美,店里就你一个,还行吧——?"

亚美虽不明白是怎么回事,仍是点头答应:"没问题的。小心慢走。"

正当我南人打电话去某个地方,蓝子打理了一下准备出门的时候,康圆来到了古书店那边。

"打扰啰。"

"啊,康圆叔,欢迎欢迎。"

轮到看店的阿绀向他问候。祐圆兄有张圆脸,而康圆长得像母亲,脸形细长,仙风道骨,那模样真适合当神社的主祭。说起来,面容圆鼓鼓的祐圆兄,感觉比较像寺院的住持。当然喽,这是我个人的看法。

"我家老爹没来?"

"祐圆爷爷?今天没来。"

"这样啊。"康圆点了头,朝里屋探了一眼。"对了,勘爹的状况怎么样了?"

"不大好。自始至终坚持不上医院也不吃药。"

康圆十分明白地直点头,"那,我去看看他吧。"

阿绀朝里屋比了一下，说句请进。

佛堂里点着煤油炉，上面搁着一只水壶。房里还拿衣架挂着湿浴巾，应该是用来避免空气干燥。康圆靠上前去，勘一睁开眼睛。

"喔，是康圆啊。"

"勘爹，感觉怎么样？"

康圆从小就常来家里玩，习惯称勘一为勘爹。

"还能怎么样，看了就晓得。"

"我劝了大概也没用。不过，您还是去趟医院比较好吧。"

"少啰唆！马上就好了啦！"

康圆叹了气，说道："不然，要不要改个日期？"

"改日期？"

"就是阿青的婚礼呀。"

勘一稍微仰起脸来，不解地问道："为啥？"

"照您这样子看来，应该来不及吧，只剩十天而已了。虽说拜殿里有暖气，再怎么说神社还是冷得很。如果体力没有恢复完全，可是会二度感冒的。我直说了，您不是年轻人了，若要硬撑，办完婚礼接着就是葬礼了。我看，倒不如把婚礼延期，让您把身子养好了再举行。"

这下我听懂了。不愧是现役的神社主祭，这招真高明！让他这么一激，不服输的勘一非得快快把感冒治好才行。

"你这浑小子，天底下哪有傻瓜会把大喜的日子延期的？还有十天哩！你等着瞧，我明天就康复、后天就恢复体力，这样还剩下整整一个礼拜咧！"

勘一讲完，把被子往头上一蒙，形同宣布谈话结束。康圆只好说声请多保重就退出去了，大概是怕再惹勘一生气，反而会加重病情吧。康圆，不好意思哪，我这老伴真教人头疼。

哦，康圆才刚回去，藤岛先生就来到店里了。他今天同样穿着时髦的西装，真是帅气。

"您好。"

看到在店里的是阿绀，藤岛先生问道："老板呢？"

"老板他呀……"

阿绀把勘一感冒卧病的事说给藤岛先生听，藤岛先生显得相当担心。

"老板还好吧？"

"到目前为止还可以。所以，您的心得报告我先代为收下，请随意挑选喜欢的书。"

"不，那可不行，我得经过老板的允许才能买书。"

藤岛先生外表看来温文，其实内心有其倔强的一面。

"我若是去探望老板，会不会惹他生气？"

阿绀苦笑着说："他嘴上会抱怨男人来探病没啥意思，心里可是乐得很。"

"那么，我稍后再过来打扰。"

依藤岛先生做事的风格，待会儿想必会捧个豪华的水果篮上门，然后又得挨上勘一的一顿好骂：有闲钱买这种东西，不如找个地方捐出去救苦济穷来得好！

蓝子和我南人一起出门了。不晓得我南人要把蓝子带到哪去呢？从他们方才谈话的内容推测，大抵和阿青的生母有关。这件事挺教人挂意，我随他们一同去瞧瞧吧。

"我们要去哪里？"

我南人只说跟我来就知道了，绝口不提要去哪里。唉，我若知道他们要上哪里，就能先一步过去等着了；眼下，我只得陪着他们走到山手线的车站搭电车去。提到电车，对现在的我还真是一大考验。乘客不多时倒还好，若是人多拥挤时上车，下场可就凄惨了。因为只要与人相撞，我就会被弹飞出去，即便起初上了第一节车厢，一阵推推搡搡间，不知不觉就被挤到最后一节去了。毕竟大家看不到我呀。

说着说着，到站了。咦，这里不是原宿吗？蓝子跟在我南人后面下了电车。

我想，大家应该都看过银杏树的林荫大道吧，真是太美了。到了这时节，叶子虽然掉了一些，不过满树黄澄澄的叶片依然十分优美。我南人优哉游哉地信步畅游，到底要上哪去呢？

"好久没这样了。"

"怎样——?"

"和爸爸一起散步。"

我南人咧嘴一笑，"的确好久没和你走在一块啰——"

蓝子一直很喜欢这个不像样的父亲，小时候总爱黏在我南人的屁股后面，上哪里都跟得紧紧的。

他们两人同样身形颀长，像这样并肩走在银杏夹道间，格外引人注目。一对修长又高挑的俊男美女漫步而行，那情景简直就像是在拍电影似的。路过的人有些还转过头来，朝我南人多看几眼。不知他们是真晓得他是谁，抑或只是觉得那脸孔似曾相识罢了。

哟，才说像是拍电影，前面那边真有人在拍片呢。不晓得在拍电影还是电视剧，总之聚集了好多人，还有摄影机在拍摄。

"那边好像在拍片唷。"

"是啊——"

工作人员围起来不让人前进，他们两人先停下了脚步。我这模样反正不会打扰到拍摄工作，不如再往前去瞧个究竟。嗯，一对男女演员并肩漫步……，哎哟，不得了了，我看到大明星啦！男演员年纪不大，我虽看过但说不出名字，只晓得年轻人都很喜欢他；至于那位女演员，可就是家喻户晓的大牌影星了。早在日本还只有银幕这个用语的

233

时代，以清秀佳人形象著称的她，已是影坛的超级巨星，拥有广大的忠实影迷。掐指一算，现在应该有六十来岁了，却依旧和以前一样美丽呢。

蓝子不由得嘴角上扬，"我第一次亲眼看到她，果真很漂亮。"

"是啊——"我南人也看得出神。

"爸爸也很喜欢她吧？以前常看她的电影。"

"是啊——"我南人点了头。

看着父亲的神情，一个念头乍然飘过蓝子的脑海。

"不会吧？"

蓝子心慌意乱地望向那位女星。

这个镜头好像已经拍完了，工作人员陆续走动起来。那位女星也放松下来，面带微笑地让到一旁。

"爸爸……"

"什么事？"

"难道，您就是专程带我来看这场拍摄的？"

"就是啊——"

"阿青的生母，该不会是……"

我南人露出了难以形容的复杂表情，"就是啊——"

蓝子大惊失色，不由得往后退了一步。

我也吓了好大一跳，心脏险些停了……咦，不对，我已经没心脏了。

"她就是阿青的生母哟——"

这位大名鼎鼎的日本女星，这位清秀婉约、端庄娴静，所有人都赞她完美无瑕的女明星——池泽百合枝，竟会是阿青的生母？

蓝子完全乱了方寸。不能怪她，因为连我也从没受过这么大的震撼，顿时没了头绪哪。

我南人带着蓝子进去附近一家咖啡厅，让蓝子喝杯热可可，使情绪平复下来，他自己则照例要了咖啡。

女侍送上点用的饮料，怯怯地问了我南人：

"请问……您是我南人先生吧？"

"是呀——"

"可以请您帮我签名吗？"

"可以呀——"

我南人在女侍带来的记事本上飞快地签下了名字。蓝子望着父亲签名的动作，不禁叹了气。

"也对。我差点忘了，爸爸也算是个艺人呢。"

是哪，我南人"也算"是个艺人。

"既然同在演艺圈里，会发展出那种关系，也没什么好奇怪的吧。"

蓝子的讲法虽不无道理，但对方可是池泽百合枝女士呐。池泽百合枝女士的形象极佳，从未传出任何丑闻。她

235

已在几十年前结了婚，也不曾闹过绯闻或离婚的消息。她和我南人到底是怎么认识的呢？更何况，我无法想像她会是那种生下孩子后弃之不顾的母亲。

我南人谨慎地朝四周打量了一眼。父女俩此时坐在露台上，身旁只有一台暖气机，没有其他人在。显见我南人在这件事上，还是比平时来得留神。

"细节我就不说啰——。是她没错。我扯谎也没好处呀——"

这种事真要扯了谎，可会被控告妨害名誉的。

"她呀——真的很了不起。外表端庄婉约，其实打从骨子里是个天生的女演员，连自己的人生角色，也都是演出来的。这在我们看来，根本无法想像吧——"

蓝子开始思忖这段话的含义。

"我觉得呢——，现在的人对于'表演工作'，好像没怎么放在眼里。人们总以为，只不过是个戏子嘛、只不过是出电视剧嘛；可是饰演另一个人，并要带给观众感动，其实是项相当艰巨的任务喔——"

"爸爸不也是通过音乐，将感动带给大家吗？"

我南人苦笑起来，"音乐是属于内在的感动，只要歌咏心底涌现的 LOVE 就 OK 啰——。但是，演戏就不同了，必须彻底化身成另一个人。可是她甚至更进一步，在私生活里同样维持着昔日塑造出来的形象哩——"

"真的吗?"

"对她来说,和我在一起的那段时光,是她唯一的另一个自己。不论扮演任何角色,向来都是她自身不同面貌的展现;唯独和我在一起时,尽管是同一个人,却是另一个池泽百合枝呢——。只不过,那究竟是她最真实的一面,还是连这段经验,也是为了磨练自己的演技才投入的,我就不得而知啰——"

蓝子又思索起来。同样身为女性,想必蓝子感触良多吧。

"她在生下阿青以后,这样说了:'我若成为这个孩子的母亲,就活不下去了。'"

"怎么会这样!"

"不过呢——"我南人凑近蓝子的脸说道,"她绝不是把阿青抛到脑后,过着自己的逍遥生活哟——。这些年来,我每年都会寄一张阿青的照片给她,就是最好的证明啰——"

"阿青的照片?"

"这是她要求的呢——。她还说了:'我虽然不能以他母亲的身份活下去,但是绝不能忘了他。'"

原来还有这么一层缘由哪。

话说回来,先不论事情的是非对错,多年来对此绝口不提的我南人,以及始终镇定自若的池泽百合枝女士,不得不赞他们一声了不得!

　　这该算是一种决心吧。他们下定决心,将这个秘密守到了现在,相当伟大。当然,就阿青的立场看来,这两个人也许只是一对任性妄为的父母罢了。

二

"外遇?"

入夜了。勘一的病况依然不好不坏，发烧的情况退了又烧，大家都忧心忡忡，甚至有人提议强迫送医，又担心勘一反抗的举动会导致病情恶化，不知怎么办才好。

这时，康圆的太太叶子来了。她来探望勘一，顺道商量一件事。

"您是说康圆叔?"阿绀十分错愕。

"不会吧?"蓝子也同样讶异。

康圆不像他父亲祐圆喜欢拈花惹草，个性认真又严谨。

"我也这样想，可是他最近的举动很可疑。不是躲起来窸窸窣窣地讲电话，就是不交代一声就出门去了。他从来都不是这样的。"

叶子太太还说，光是这样也就罢了，前几天竟有朋友目睹，康圆和一位女士走在一起。

"而且他出门前，还跟我说是要去参加破土典礼，结果那个时间居然是跑去和女人见面？"

"这样啊。"

这么看来，祐圆的确撒了谎，只是还不确定他是否真有外遇。叶子太太泪眼哀求，明知这时候来拜托有些失礼，可既然这事让她知道了，绝不能睁只眼闭只眼，请阿绀他们一定要想办法帮忙查个清楚。

"康圆叔会是那种人吗？"

"一定是场误会吧。"

叶子太太回去以后，阿绀和蓝子讨论起来，一旁的我南人摇着头说："那可难讲哦——。像他那种一板一眼的男人，要是临老入花丛，可不是闹着玩的哟——"

花阳和研人已经在二楼睡着了。勘一正在佛堂呼呼大睡，铃美面带忧心地探了一眼，才将隔扇轻轻带上。

"嗯，爷爷睡这么熟，暂时可以松口气吧。"阿绀说道。

是呀，能够安然入眠，应该没什么大问题。只是，能不能赶在婚礼前康复，仍然教人担心哪。

"对了……"

阿青边说，边吃着铃美做的汤圆和红豆。冬至快到了，家里一向吃的是南瓜加红豆。铃美从没学过怎么熬红豆，也没做过汤圆红豆丸啦、红豆麻糬甜汤啦等等，于是蓝子和亚美趁此机会教了她怎么煮，大家现在吃的就是她试做的成果。

"蓝姐，决定怎样？"

"我？"

"要去英国吗？"

"噢，你问的是这个。"

就是说嘛，默多克先生邀了她一起到英国举行双人展，可她到现在都还没答复人家。虽说没订期限，视准备的状况再去就好，默多克先生也似乎并不焦急，毕竟已过好一段日子了。

"我是想去看看……"

"那就快点去啊！又没人反对你去。"阿青帮着敲边鼓。

对阿青而言，大他将近十岁的蓝子不仅是个温柔的姐姐，也是他商量事情的好对象。我想，他比任何人都希望蓝子能得到幸福。何况他自己的婚事都决定好了，更希望姐姐也能尽快找到归宿。

"嗯，等阿青的婚礼办好了以后，我再慢慢想一想吧。"蓝子说着，浅浅一笑。

阿青立刻抗议说："蓝姐每次都这样！满脑子只担心别人，一点也没帮自己打算。家里的事有亚美嫂子打理，现在还多了铃美当帮手，你只管把自己摆到第一优先，好好为自己着想就行了啦！"

阿青说得没错哪。我还在世的时候，家里的事就多半

241

都是蓝子打点的了，自从我走了以后，她更一手揽起整个家，忙着张罗里里外外。虽然她都说自己本来就喜欢做家务，毕竟还是付出了不少牺牲。

"好了，那件事就交由姐姐自己决定吧。"

阿绀做了结论，结束了这个话题。

一旁的我南人始终保持沉默，静静地听着孩子们的交谈。事实上，像这样的时候，很难判断我南人到底是听着还是当耳边风。比方现在就是。吃完了汤圆和红豆以后，他只管望着蜷成一团窝在角落睡的玉三郎和小秋跟小幸。

"老爸！"阿青有些不耐烦地朝我南人喊了一声。

"什么事——？"

"老爸没什么话要跟蓝姐说的吗？"

我南人听完咧嘴一笑，朝在场的人望了一眼，"只要凭着 LOVE 的感觉往前进就行啰——！这样做就绝对不会后悔的哟——！"

他要说的就这两句。

这个做父亲的，真的靠得住吗？

❖　　❖　　❖

隔天，蓝子有个朋友请她去帮家里的旧书估个价钱，于是蓝子专程到府估价。

据说对方是某家公司的老板，他的女儿最近要结婚了。那位千金相当热爱阅读，家里有个房间全摆满了书架。考虑到总不能把所有的书全带去新家，于是打算脱手。由于藏书的种类庞杂，希望请旧书业者前去估价。

估价通常是由阿绀或勘一负责的，但对方是小姐，还是由同为女性的蓝子去比较好。蓝子好歹也是在古书店长大的，一般旧书的识别眼力还是有的。嗯，我也跟去瞧瞧吧。

"哇！"

真的，连我也忍不住跟着惊叹一声呢。

不晓得那位老板从事的是哪一行。蓝子造访的那间宅邸坐落在高级住宅区，外观相当气派。屋里的一个房间拿来当书库，大小有十坪左右，一列列大书架排得整齐划一，比一些小型图书馆还来得有规模。

"这些书全都是大小姐的吗？"

"请别称我大小姐，"这位名叫上本希美子的千金小姐，露出高雅而略带难为情的微笑，"叫我希美子就行了。"

"那么，希美子小姐，这些全都是您的书吗？"

"不是的。"希美子小姐摇了头，"很多都是家祖父年轻时当消遣的收藏。我自己的只占一小部分而已。"

蓝子浏览了几个书架，不禁大为赞叹。当然，有半数以上是这几年的新书，但也有相当数量的古书珍藏。我还是头一遭看到这么壮观的个人藏书。

哎哟，这本田山花袋的《乐园》的初版本*，可值个十几万圆呢。

"那么，您想把这里的书全部脱手吗？"

希美子小姐有些不好意思地点点头，"我希望全部出清。"

"真不得了啊。"

听完回到家里的蓝子转述，阿绀不禁咋舌。勘一的状况好了一些，也躺在被窝里听蓝子的报告。

"光听，就教人浑身来劲咧！"勘一兴高采烈地说道。想必他很想赶快痊愈，大显身手一番。

"不过……"蓝子说，"我觉得有点奇怪。"

"怎么？"

"快要结婚了，趁这个机会把自己的藏书整理一下，这个心态我可以理解。"

"对啊。"

"我不懂的是，像她那样的爱书人，怎么会把藏书统统

---

* 田山花袋（1872-1930 年）：日本小说家；短篇小说集《乐园》的初版本由植竹书院刊行于 1913 年（大正二年），归入"现代杰作丛书"第四编。

处理掉呢？"

听蓝子这么一说，阿绀和勘一也觉得有道理。想想，蓝子说得对哪。

"至少总有一两本无论如何都想留在手边的吧。况且那位小姐想卖的不仅是她自己的藏书，连过世的祖父留给她的那些书也都要卖掉，这样不是很怪吗？"

"这样讲有道理。"

"听你一说，确实不对劲。"

三个人都陷入沉吟。

"虽说不好多管闲事，可上回的那一桩，不也还好咱们鸡婆吗？"

"是啊。"

"要不要调查看看？"

阿绀点头接下了勘一吩咐的任务。

三人正在谈这事时，有人来了。哟，可不是康圆嘛。其实阿青正在调查康圆的外遇对象，所以想必阿青眼下也跟踪康圆回到家里附近了。

"怎么样？感冒好一点了吗？"康圆进了客厅，问候勘一。

"唔，烧是退了。"

"烧退了，真是太好了。……勘爹，阿青和铃美小姐在吗？"

这句话听得我心头扑通一跳。

"他们出去了。怎么，找他们有事？"

康圆的脸色不大好看。

"不在的话正好。噢，蓝子和阿绀可以一起过来看看吗？"

"什么事呢？"

"其实，我找到了这件东西。"

康圆从手上的信封拿出里面的东西，是一本装在书盒里的古书。看起来很有些年代了。

"哟，是夏目漱石哩！"

是那本《从此以后》*呀。应该是很早期的版本，不知道是什么时候的呢？

"不得了啦，这不是春阳堂的初版本吗？"

"您怎么会有这本书呢？"

我记得是明治时代出版的，应当价值不菲。

"前几天打扫藏物间时找到的。看来好像是祖父的东西。"

勘一一听，再也躺不住了，起身来到客厅，轻轻地揭开书页。

"唔，书况太差了。"

---

* 小说《从此以后》(それから) 1909 年 6 月 27 日至 10 月 4 日在《东京朝日新闻》与《大阪朝日新闻》上连载，翌年（明治 43 年）由春阳堂刊行。

"价钱好吗？"康圆问道。

"如果书况良好的话，我想想，应该值个二十万吧？"
阿绀回答。

"这么多？"

"不止，依我看，可以到三十万哩。不过，这一本没那
么高，顶多五万左右。"

单是这样也算高价喽。可是，这本旧书有什么问题吗？

"您再往下翻几页就可以看到了，上面有些笔迹。"

"笔迹？"

勘一再往下翻了几页。哟，是真的。好些地方都写着
字句。

"这啥啊？……'早睡早起'？'毋忘勤洗手'？喂喂喂，
这不是阿爹的笔迹吗？"

"太爷爷的？"

哎哟，是公公的吗？这么一说，确实是公公的笔迹没错。

"我猜得果然没错。愈往下看，好多地方都写了字，大
概是斟酌着家规该怎么订，随手写下来的吧。"

"唔，有道理。哎，上头有这么些字迹，虽然没法拿出
来卖了，但对咱们家来说可是件大宝贝哩！"勘一喜获至
宝，相当开心。真没想到竟能找到公公的遗物。

"不过，现在高兴还太早。"

"为啥？"

"请看这里。"

康圆翻了翻，将书页摊开，递给勘一。

"我瞧瞧……'冬日不宜嫁娶'……啥？"

咦，有这条家规吗？我还是头一回听说。

"上面真那么写？"

勘一点头证实。

"也就是说，冬天太冷了，堀田家的人不能挑这时候举行婚礼。要结婚，得等春天才好。"

勘一和蓝子、阿绀一齐和康圆对看。对于家规，咱们家向来尽力恪守，这下子可麻烦了。不准在冬天结婚，那阿青和铃美就得把婚礼延后了。

反正他们已经住在一起了，结婚仪式就在神社举行，邀来观礼的也都是些至亲好友，联络上都不费事，就算改期，应该不会有太大影响。可是，真要往后延吗？

几个人陷入了苦思。

三

　　情况又变复杂了哪。康圆的外遇疑云、千金小姐的出清藏书，这会儿又加上婚礼延期。怎么每一桩好像都和男女问题有关呢？勘一再也没法安安稳稳地卧床，穿上铺棉宽袖袍起身坐镇了。

　　大抵是在一团混乱中，肾上腺素发挥作用了吧，勘一的状况好多了，饭也吃得下了。铃美问他想吃什么，他说想吃火锅。

　　"您想吃火锅？"

　　"对！咱们家的火锅是一体适用，老少咸宜！"

　　"什么？"

　　勘一可不是故意捉弄铃美。咱们家四代同堂，自然每个人爱吃的口味都不一样。煮个火锅要是还得顾虑一个个爱吃的锅底和食材，那可没完没了。因此，咱们家的火锅向来是传统的清汤锅，只用昆布熬汤底，再来就是喜欢吃什么就搁进去氽，烫好了各自夹进碗里蘸着不同佐料吃。

"那，那边怎么样啦？"勘一把豆腐蘸上碗里的蛋味噌拌葱末，边吃边问。

"依我调查的结果，那家公司似乎撑不下去了。"

"撑不下去？"

他们谈的是上本希美子小姐的事吧。

阿绀的佐料是橙醋加白萝卜泥，他夹起白菜往碗里蘸了蘸，接着说：

"说是要出清藏书，打听之下，其实是整栋房子都要卖掉。"

"什么？是公司倒闭还是怎么着？"

"不是，好像是被并购了。"

"被大企业买走了哦——？"

阿绀吃了白菜，再往下说："就是那么回事吧。她父亲的公司是做金属加工的，规模不大，顶多五十个员工吧，据说技术非常精良，可惜营收不断下滑，后来有另一家公司表示要买下。"

"对方就是看上他们的技术，才想买下的喽——"

阿绀点点头，随即皱了眉头继续说："不单这样，听说对方还用了卑鄙的手段。"

"唔，这种事向来总有龌龊的内幕哩！"

"不不不，光是公司被买走了，那位小姐还不至于得出清藏书吧。据说对方开出的条件相当严苛，很多员工都会被开除呢。"

大伙明白地连连点头。

"可是，这也不是什么新鲜事呀——？"

"但还传出对方那个老板提出了交换条件，如果希美子小姐答应跟他结婚，他愿意对那些员工手下留情。"

大家听得一起皱起了眉头。

"那个老板真可恶！"

说话的是花阳。真不想让小孩子听到这种话题，现下都听见了，也没办法了。

"真没有 LOVE 呀——"

我南人边把一颗肉丸子夹到自己碗里边说。他的蘸酱是橙醋撒上胡椒粉。

"这不等于策略联姻吗！"

"这个要求太过分了，希美子小姐的父亲当然拒绝了。所以，为了尽量给那些遭到开除的员工多一点离职金，他决定卖掉自己的财产筹钱，因此连那些庞大的藏书也要一并脱手。"

"原来如此哦——"

这类话题在社会上屡见不鲜。旧书商做买卖时也常听到这种事情，有些人由于周转不灵而只好把藏书脱手，其中不少是珍贵的物件呢。

"那么，真希望能尽量出高价向她收购。"

251

　　蓝子说着，一面把葱段和蒟蒻丝夹进碗里，里面盛的是橙醋和韩国泡菜。那泡菜是住附近的韩国人送的，滋味道地，好吃极了。

　　"就是说呀。"亚美也跟着帮腔。

　　"唔……话是这么说……"勘一有些为难。

　　若是不赚钱，旧书商这生意也做不下去了。总不能光摆气魄耍豪气，出高价全买下来吧。大家一面帮忙动脑筋，把筷子伸向火锅里。

　　"如果每个人都能过着幸福的日子，那该有多好。"铃美把肉片夹到搁着芝麻酱的碗里说。是啊，真希望能这样哪。

　　"对了，至于康圆叔的事……"

　　"康圆怎么啦？"

　　"啊，还没跟爷爷讲过？就是他有外遇的事。"

　　"啥，康圆有外遇？"

　　是呀，勘一还在床上养病的时候，叶子太太来哭诉过了。阿绀把事情的来龙去脉讲给勘一听。

　　"然后咧？"

　　"虽然我没亲眼看到康圆叔和别的女人亲热的举动，不过最近他确实和叶子婶以外的女人见过几次面。"

　　"真的呀？"

　　"不过，"阿青夹了雪菜，放到盛着橙醋撒上五香粉的碗里，接着说，"感觉不像是外遇耶。那个女人是康圆叔的同学。"

"同学？"

"高中同学。"

"是哦……"

阿青说，康圆和她虽然聊得很开心，但是一点也戚觉不出男女暧昧的情愫。这方面，阿青可是专家，既然他这么说，或许康圆真的没出轨吧。

"那，就甭去管他了吧？大概是有什么事找他商量。你去讲给叶子听，让她好放心。那个一本正经的家伙，不可能在外面有女人的啦！"

"应该是吧。"

"可是……"碗里只是一般橙醋的亚美说，"一定有什么理由，促使他们最近开始碰面，至少得把原因弄清楚才好吧？"

大家都觉得有道理，决定让阿青继续查个水落石出。

阿绀和阿青在"春"居酒屋。哟，默多克先生也来了。

"我想，还是找个铃美不在场的时候，跟你提一下。"阿绀一面帮阿青斟酒，一面说道。

哦，他说的应该是那一条冬天不宜结婚的家规吧。

默多克先生歪着头想了想，说："所谓的家规，应该是

253

很重要的吧。"

"现在这个时代，倒也不见得。"

"但是，在英国也有类似这样的传统喔。英国人很珍惜古老的东西，很多人都是这样的。跟日本人很像。"

"或许吧。"

真奈美动作轻柔地将下酒菜的小钵摆到阿青面前，问了他："那，婚礼，打算怎么办？"

阿青想了一会儿，把问题抛给阿绀，"绀哥，你觉得呢？"

同样陷入苦思的阿绀回答："我想，置之不理也可以。爷爷也在烦恼，这简直往天大的喜事浇了一盆冷水似的。我想，倒不如由你坚持按照预定日期举行婚礼，这样也免得爷爷费神。"

"也对，依照勘一爷爷的性格来说，或许这样比较好。"

"我也觉得这样好。若是交给勘一先生决定，他应该会很烦恼。从以前到现在，他一直坚持要遵守家规吧？总不能现在突然改变做法，可是，为了阿青和铃美小姐的幸福，他也很不愿意扫兴。"

"也是啦。"阿青将酒杯端到嘴边，"不过，如果遵循家规的话，爷爷应该会比较高兴，只要由我主动提议，不如把婚礼延到春天再举行，我想爷爷也会接受。"

"你说的也不无道理。"

"阿青真为爷爷着想。"

是呀。大家嘴上不说，其实都很尊重勘一的想法。

"但是，"真奈美开口，"依照自己的想法去做，可是年轻人的特权哟。上了年纪的人，也应该要有度量去包容年轻人的任性吧。"

真奈美这番话说得真好！一点没错。

"……其实，这是我南人叔叔说的，我只是现学现卖而已。"

"老爸说的？"

"这些真像我南人先生会说的话。"

阿青又开始苦恼了，"真难决定……可恶！已经没时间再犹豫了！"

三个人感慨地点了头，仰杯一饮而尽。

嗯，这虽是个难题，但能有这样的烦恼，或许也值得欣慰。

四

星期天。太阳从大清早就开始发威，这几天的高温已经破了纪录，穿上冬天的毛衣甚至要冒汗呢。

吃完中饭以后，研人到附近的公园，和朋友在长椅上玩耍。他们好像在玩什么游戏卡的。小幸的绳子就绑在旁边，正在睡觉。小幸似乎很喜欢研人。嗯，真教人开心哪。

"研人！"

公园的入口处，有个穿西装的人喊了研人一声。我还以为是谁呢，可不是藤岛先生嘛。研人也认识藤岛先生。藤岛先生走了过来，研人规规矩矩向他鞠躬问好。

"午安！"

"午安。决斗王？"

"你知道哦？"

"当然！我也有自己的牌组喔。"

"是哦？"

研人高兴得眼睛都发亮了。想必年轻的藤岛先生平时各种消遣都有所涉猎，所以才这么清楚吧。

"太爷爷还好吗？感冒有没有好一点？我正想去你们店里。"

"好多了呀。不过还没全好，有时候还是要躺着休息。"

"这样喔，太好了。"

研人突然停住了出牌的动作，猛一抬头看向藤岛先生。藤岛先生以眼神反问研人什么事？

"藤岛先生是有钱人吧？"

我忍不住笑了。他的确是有钱人哪。

"嗯，该怎么说呢，或许比一般人赚得更多吧。"

"你以前说过，想要把我们家的旧书全部买走，结果被太爷爷骂了一顿吧？"

"是啊。"藤岛先生无奈地笑着回答。

研人咧嘴笑了。哟，这笑容和花阳一模一样。每回花阳打着什么主意时，就是这张笑脸。

"我跟你说，有桩好买卖，要不要掺一脚？"

"啥？"

真是的，这孩子怎么这么说话呢！被勘一听到了，可要揍人的。

哎，研人到底在打什么主意呢？

下午三点过后。阿青脸色凝重地从外面回来了。

"喔，回来了！"

"回来了呀。"

"我回来了。"

负责看顾古书店的阿绀，和从咖啡厅那边帮阿绀端咖啡过来的蓝子，一起跟阿青打招呼。

"怎么样？打听出什么了吗？"阿绀问道。

阿青方才出门，应该是去调查康圆的事。是不是查出什么了呢？阿青先看过店里没别的人在，才在账台坐了下来。

"康圆叔的那个女同学……"

"嗯。"

"原来是演艺圈的人。"

"演艺圈？"

"她是经纪公司的董事长，好像是个很能干的老太太。"

阿绀和蓝子都露出了原来如此的神态。要说演艺圈的人，我南人也是吧。

"她经纪公司旗下的艺人都是演员，所以应该和老爸的公司没什么来往吧。"

"也许吧。"

"叫什么公司？"

"我看看……"阿青从口袋里掏出了记事本，照着念出来，"浅羽经纪公司。那位老太太姓浅羽，就直接用姓氏当公司名称了。"

"那家公司有名吗？有没有当红的演员？"

“有黑田充喔。”

“是哦！”

“还有折原美世啦、渡边彩予子啦。”

全是些我没听过的人哪。不过，从阿绀和蓝子每听一个就惊讶一回来看，应该都是些出名的演员。

“还有，这位好像是里面最大牌的吧，我没听过就是了。”

“谁？”

“池泽百合枝。”

蓝子的表情瞬时僵住。我也吓了一跳。还好阿绀和阿青没有察觉到蓝子脸色不变。

“很大牌哦。可以说是日本最具代表性的女演员。”

“据说很有名。可是我不看电影，她也没上电视，所以我没听过。”

“我也是。我知道的顶多是她跟老爸的年纪差不多吧。”

蓝子强忍内心的震撼，若无其事地点头附和。

这真教人吃惊哪。和咱们家会不会有什么相关呢？

“那，为什么那位女董事长要和康圆叔见面呢？”

“可以确定的是她拜托康圆叔帮个忙。”

“帮忙？”

阿青点点头，“我向经纪公司的小姐旁敲侧击地打探了一下，目前可以肯定的是她拜托康圆叔帮忙。不过，应该和男女情爱无关，只是希望康圆叔看在同窗友谊的情分上，卖个面子。"

"这样哦。应该没法查出对方央托的是什么事吧?"

"嗯,我大概只能查到这里了。接下来不如请老爸,还是爷爷出马,找康圆叔开门见山地直问了。反正又不是外遇。"

蓝子兀自沉思着,完全没把阿绀和阿青的对话听进去。嗯,她在想什么呢?

"打扰了。"

"啊,藤岛先生,欢迎光临。"

藤岛先生方才在公园里好像和研人聊了一阵,现在只有一个人上门。研人没跟着回来,大概还和朋友在玩吧。

"老板的身体还好吧?"

"看起来好多了。我去看看他是不是醒着。"

阿绀回到里屋,没一会儿,传来勘一比平时来得虚弱、但依然洪亮的声音:

"来啦?进来进来!"

藤岛先生一脸放下心来,说句打扰了,走进了里屋。

"你说啥?研人跟你讲的?"

真教人吃惊哪。瞧着勘一把阿绀和蓝子都叫了进去,还以为发生什么事了,原来要谈那位上本希美子小姐的藏书出售。看来,研人告诉藤岛先生的,就是这件事。

"听研人说，那批书里有不少好东西呢。"藤岛先生满面笑容地点头说。

"是呀。"蓝子回答。

"既然对方有这层苦衷，希望出高价向她收购也是人之常情。"

"没想到从你这张嘴里还能听到'人情'这两个字哩!"阿绀连忙劝阻了勘一。

藤岛先生除了本业的资讯科技以外，在股票投资方面似乎也大有斩获。勘一非常瞧不起这种不劳而获的事。哎，说人家是不劳而获，那是他的成见。

"老板，"藤岛先生换上了有些严肃的神情，"我也有恻隐之心，看到别人有困难，自然会想伸出援手。何况这事还和旧书有关，更是教我心痒难耐呀。"

"那又怎样咧? 你想全部买走吗? 一开始就跟你讲过，我不许你这样做，难道你把这话给忘了吗?"

藤岛先生信誓旦旦地回应："我没忘呀，所以一直都是交上一篇心得才买一本书的，不是吗? 书归其所。若是一掷千金大量扫货，根本不是真正的爱书人。书，可不是一般的东西。"

"你倒是挺明白的嘛。"

"所以，我今天是来和您谈笔生意的。"

"生意?"

261

"那位书主，叫做上本小姐吗？我想委托老板您帮她的所有藏书一一估价。当然，价格完全交由老板决定。我会依照估算的总价全部收购。买下来以后，再将那些书寄放在这里托售。"

"托售？"

"既然由我收购了，当然就是属于我的了。不过，我没地方保管那么多书，希望能请'东京BANDWAGON'代为管理。假如有人想买我的那些书，就请贵店以适当的价格向我进货，再转卖给他，您意下如何？"

说完，藤岛先生开心地笑了。阿绀和蓝子都望着天花板思索。勘一则瞪着藤岛先生，说道：

"打个比方，有本书我帮她定的收购价是五万——"

"好，那么我就以五万收购。"

"然后，那本书就摆在咱们这里了。之后，来了个家伙说想要买那本书。假如我跟你说，那本书进货的行情价应该是两万，那你就用两万卖给咱们，随便咱们转手卖给他多少钱？"

"是呀。"

勘一愈发恶狠狠地瞪视藤岛先生，"这叫哪门子生意？根本是赔大钱咧！生意人这么胡来有啥好处？"

"这是我的豪气。"

"豪气？"

藤岛先生点了头，"老板也许对我经营的事业有所误会。我们公司聘用的电脑程序设计工程师，全是技术一流的，换句话说，我们那里汇集了许多优秀的工匠。"

"工匠？"

"是的。"藤岛先生又接着说，"期许自己能做出更多更好的产品，造福世人，这是世界各地工匠共同的抱负吧？当然，毕竟是做生意，总得千方百计赚得盈余，但心底却是怀抱这股理想日夜努力。我就是钦佩老板对于古书的那股热情，才会成为这里的常客。这一次，我希望换成您来感受我的这份豪气。您能够体会我想向您展现这股气魄的决心吗？"

"要我体会你的决心——你这毛头小子现在还没资格说这句话！"

"恕我托大，请见谅。"

"不过哩，我懂你的意思了。这事算我一份吧！我欣赏你的那股豪气！"

藤岛先生总算松了口气，笑着致谢："非常感谢您！"

大家目送藤岛先生回去以后，阿绀重新制作一份上本小姐的藏书清册，请勘一逐一标定收购价，以便之后送给藤岛先生。

"藤岛先生说，随便我们定价，也就是暗示我们可以定得比行情价来得高喔。"

听到阿绀的提醒，勘一不由得苦笑：

"我知道他的意思啦！"

"藤岛先生真是个好人。"

"唔，有钱人帮助穷人是天经地义的啦！"勘一就是不肯松口称赞一句。

我想，至少勘一以后会对藤岛先生好一些吧。每回想买书还得交心得才成，未免太委屈了哪。

这时，门口传来研人响亮的声音："我回来了——！"

"太爷爷，藤岛先生来过了吗？"

"有啊，来过喽。听说是研人多嘴告诉他的？"

"对。"

"本来是想训你一顿——大人的事小孩少掺和！不过……"

勘一咧嘴而笑，嘉许地摸了摸研人的头，研人得意地嘿嘿笑着。

"但是，我们有经过一场公平的比赛喔。假如他输了，就要照我的话去做。"

"比赛？"众人都惊讶地瞪大了眼睛。

"比什么？"蓝子问他。

"决斗王。他说他很厉害。我说那就跟我比一比，如果输了的话，他就得把那个可怜人的书全部买下来。"

哎哟，研人竟然做了这种事！

"如果研人输了，怎么办？"

"我就回来拜托太爷爷,别每次只卖他一本,至少让他每次可以买个两三本。"

大伙爆出了哄堂大笑。

"那个浑小子,好意思说什么豪气咧!"

❖　❖　❖

当天晚上。蓝子工作结束后,告诉我南人有话跟他说,晚饭后请陪她出去一下。稍后,蓝子也悄悄地唤了阿绀:

"我待会儿有话跟你讲。"

"什么事?"

"阿青的事。"

阿绀虽然毫无头绪,但看到蓝子严肃的神情,便点头表示知道了。

蓝子和我南人一道出门了。不晓得他们要上哪去呢?

"要去哪里——?"我南人问道。

"康圆叔那边。"蓝子回答。

"康圆那里——?"我南人寻思片刻,"要谈外遇那件事吗?"

"不只那件事。"

看来,蓝子事前已经和康圆约好了,她的目的地不是

康圆位于神社后面的住家，而是再远一点那家在马路边的
大众餐厅。进去以后，店员就领着他们前去包厢，可能是
蓝子事先预约的吧。我南人一面坐下来一面说："照这么看
来，我们要谈的事不好让别人听到啰——？"

"是呀。"

蓝子两人刚到不久，康圆也独自前来了。他的表情看
起来有些紧张。

三个人点了饮料，等女侍送上来以后，蓝子随即开口：

"康圆叔。"

"嗯？"

"我就直说了。叶子婶怀疑您有外遇哦！"

康圆非常吃惊，一双眼睛睁得圆大，"你说什么？"

"您最近常和一位老同学浅羽女士见面吧？"

康圆的眼睛睁得更大了，"开玩笑！那才不是外遇呢！"

"我想也是。"

蓝子马上同意他的辩驳，使康圆有些泄劲。看来，蓝
子似乎掌握了什么证据吧。

"爸爸。"

"什么——？"

"这件事我还没告诉爸爸。康圆叔最近常见面的那位老
同学，其实是池泽百合枝女士经纪公司的董事长。"

"是哦——？"这回换我南人惊讶了。

“你怎么知道的？”

“我们当然去调查过了呀。”

康圆自然是熟知咱们家的那条家规。他长长地叹了一口气。

“其实，康圆叔把那本书带来家里时，我就觉得不对劲了。”

“怎么说——？”

“因为，依康圆叔的个性，就算发现了那本书，也会把这件事瞒到婚礼结束后。我们都很清楚康圆叔一定会等到一切圆满以后，才说出他其实找到了这么一本书，当成笑话讲给大家听，根本不会多惹风波。”

听蓝子这么分析，的确这才是康圆的作风。

“您来探望爷爷的时候，也可以感觉出有意无意想让婚礼延期。我从那时候开始，就有些起疑了。照理说，康圆叔应该会强迫爷爷上医院，要他赶快把病治好才能出席婚礼呀。”

是呀，康圆应该会这么做才对。

“后来，又传说您疑似有外遇。我一听到对方是池泽百合枝女士经纪公司的董事长，灵光一闪，一下子就把所有的事全兜到一起了。”

康圆一副难以置信的模样。我也不大懂蓝子的意思。

“康圆叔，您的老同学浅羽女士，是不是拜托您把日期挪开呢？她要的正好就是阿青要举行婚礼的那天，说是无论如何都想借用神社，比方要当作拍摄场地之类的，请您帮忙把阿青的婚礼换个时间，对不对？"

"你怎么知道的？"康圆更加讶异了，"我们讲好了这件事绝不能说出去，你们连这个都查出来了？"

蓝子摇摇头，"我是猜的。不过，是因为某些因素，才让我联想到的。爸爸，接下来如果要把事情说清楚，就得把那件事告诉康圆叔了。"

我南人下意识地摇着手指思索半晌，"原来如此，是这么回事哦——"说完，明白过来似地兀自点着头。

"康圆——"

"是。"

"那位浅羽女士，是不是还挑明了要你把阿青的婚礼挪到某个时段呢——？"

在我南人直勾勾地盯视下，康圆心知肚明逃不过了，于是老实地点了头。

"真拗不过你呀。"康圆没好气地笑了，看着我南人和蓝子，"我招了吧。浅羽同学是我高中时候的女朋友。"

"真的吗？"

哟，原来是这么回事呀。

"不过，才毕业，我就被甩了，之后我们几乎没有往来。前阵子她突然和我联络，问我十二月二十号能不能把神社借她用。我当然拒绝了啊，也告诉她那天已经有人订了场地，不能借她了。我还说，除非对方把预约取消了。但是，现在这情形是不可能借她的。没想到……"

"她又来再三央求吧——？"

"她说无论如何，非得借到那天的场地不可。还哭着拜托我，那不单是一般的工作，而是攸关她人生的大事。她现在没办法把事情的原委告诉我，恳求我看在过去曾经交往过的情分上，帮她这个大忙。看她那样子，我想事情应该非同小可。"

"所以，就拿出那本书……"

康圆有气无力地点了头，"那本书是很早以前就发现的。不过，只有那行'冬日不宜嫁娶'的家规，是我写上去的。"

哎哟，居然是这么回事。康圆写得一手好字，模仿笔迹写几个字自然轻而易举。

"我告诉浅羽同学了，我能做的只到这里为止。我们和堀田家有几十年的交情，不能再给他们多添麻烦了。假如堀田家愿意延期就好，万一他们决定照旧举行，我也束手无策了，到时候请她放弃这个念头。她也答应了。她说，如果真的不行，就当是她的命，她会死心的。真是十二万分抱歉。"康圆深深地伏首道歉。

我南人拍了拍康圆的肩头，"康圆，没关系啦，不用道歉。没想到你也会为了 LOVE 而挺身而出，真让人高兴哟——！这才是男人本色啰——！"

是这样吗？这孩子又说些莫名其妙的话了。

"况且，这件事的起因在我身上，应该是我向你道歉才对哟——"

"起因在我南人的身上？"康圆抬起头来，狐疑地问道。

"我想应该是。爸爸，对吧？"

"我想应该是哟——。没错，就是！"

我南人朝自己的腿上啪地拍了一记，"这样的话，要让事情有个圆满的收场，就得由我亲自去会一会啰——"

终究，仍是免不了走到这一步吧。

几天后，我跟在我南人的后头一起去了。虽说是亲娘，陪着儿子去幽会，心里仍是觉得歉疚。

这地方好像是浅羽女士的住宅。我南人来到这里，按了电铃后，浅羽女士和在她身后的池泽百合枝女士立刻出来应门。哟，她本人真漂亮！果然教人着迷哪。

"那么，我去另一个房间了。请慢慢聊。"

我南人已坐在客厅的沙发上。池泽女士向浅羽女士点头表示明白了，随即在他对面落了坐。

"好久不见。"

"真是好久没见啰——"

这孩子，这种时候说话的语气还是没个正经。

"十年了？"

"我刚才算了一下，十一年没见啰——"

"您气色不错。"

"彼此彼此。"

池泽女士端起桌上的咖啡啜了一口。她的每一个动作都那么的优雅。女明星是不是只要出现在人前，总是如此举止高贵呢？

"浅羽董事长想帮我完成心愿，似乎造成贵府不少困扰，真是对不起。"

"没关系呀——，你有这样的想法，我反而觉得很高兴呢——"

池泽女士略显难为情地低下头来，"当天我有个工作，实在无法改期。所以浅羽董事长才会帮忙出面打点。"

"嗯——"

"都怪我不小心说溜嘴，说了希望能看到孩子结婚的模样，只要远远地看一眼就好。对不起。"

我南人摇着头说："你老这么说，只要从远方看着他就好。到头来，阿青的养育费和学费什么的，全都是你出钱的呀——"

哟，是这么回事哪。

池泽女士摇了头，落寞地说："我这做母亲的，好像拿钱打发孩子似的。"

271

"才不是哩——！这可不是在说场面话，而是每个人表达 LOVE 的方式都不一样。阿青一直是在你独特的 LOVE 当中孕育长大的哟——"

池泽女士依旧难过地直摇头。

"好不容易，你总算抛开顾忌，渴望表达母爱了。我希望你能更彻底地任性一次，所以才来找你的哟——"

"什么意思？"

"别说什么远远地看一眼就好，不如直接到跟前看个够吧——"

池泽女士的脸上满是困惑。

我南人解释："要是你真的坚持，应该没有任何工作是不能排开的，这表示你还没有彻底率性而为。我希望你能抛开一切束缚，尽情展现一次大明星，噢不，是母亲的任性哟——。"

"可是……"

池泽女士正想说些什么，我南人扬起手来拦了她，咧嘴一笑：

"给他 LOVE——！就算一辈子只这么一次，是第一次也是最后一次也无所谓，我希望你能把对阿青的、对亲生儿子的 LOVE 展现出来哟——。女演员池泽百合枝，能够以最精湛的演技，把所有的 LOVE，毫无保留地全部给他喔——"

五

晴空万里的好日子。

老天爷特别眷爱这对孩子，不仅给了一个晴朗的好天气，还加上暖洋洋的冬阳呢。

岁末将近，街上一片圣诞节的欢乐色彩。阿青和铃美结婚的日子终于来临。

"听好！快快把饭吃完，准备出门啦！"

大家才讲完"开动了"，随即传来勘一大嗓门的催促。感冒已经不见踪影，勘一重新恢复了往日的健朗。

"阿姨她们会来吗？"

"谁要来看家？"

"有家杂志说想来采访婚礼派对哟——。阿青，行吗——？"

"都会来呀。埼玉县的阿姨，还有鸟取县的阿姨，都会来参加。"

"为什么要来采访？"

273

"神田家的阿姨答应来帮我们看家，她会帮忙喂猫狗，还会带出去散步。"

"因为我和乐团的老搭档会做现场演出啊——，采访人员想来看表演吧——"

"你们少在那里闲嗑牙，快快吃完，速速换衣服，要出门啦！"

大家你一言我一语，好不热闹。这时，我南人陡然提高嗓子大喊：

"对了对了，我差点忘啰——"

"干嘛大呼小叫的！"

我南人望着阿青和铃美说道："今天的婚礼呢，有位特别来宾要参加哟——"

"特别来宾？"大家露出了纳闷的表情。

"有人会来拍电影哟——"

"拍电影？"

"为啥要来拍啊？"

我南人把一块煎蛋扔进嘴里，接着说："有朋友拜托我嘛——，说是想要拍神道婚礼的仪式。他想拍一位女演员去观礼的镜头，打算找临时演员演一场婚礼。我跟他聊到阿青就是要举行神道婚仪，结果他问我可不可以让女演员加进来拍摄啰——"

众人这才明白是怎么回事。

"也就是说，可以省下雇用临时演员的费用吧。"勘一
说道。

　　"是啊——。我想，反正是由一流的电影摄影师全程掌
镜的，刚好能为阿青和铃美留下美好的记录嘛——。他也
说了，之后会冲一卷带子给我们。"

　　"听起来蛮不错的呀？"亚美说道。

　　"反正又不碍事。"蓝子也说。

　　"铃美呀，你觉得怎么样哩——？可是，我已经跟人家
说 OK 了耶——"

　　阿青和铃美四目相望，无奈地笑了，"既然都答应对方
了，那也没办法了。"

　　"听起来好像很好玩耶！"花阳兴致勃勃地问说，"哪个
女演员要来呢？"

　　"花阳大概不认识吧——，一个名叫池泽百合枝的女
明星。"

　　勘一刚要喝下的味噌汤险些喷了出来。哎，脏死了。

　　"你说池泽百合枝？是那个池泽百合枝吗？"

　　"就是她呀——"

　　阿青和铃美也同样吃了一惊，花阳和研人则歪着小脑
袋瓜。嗯，小孩子当然没听过吧。

　　"所以啰——，这次的拍摄工作，事前绝对不能走漏风
声哟——。要是被别人知道了，可会引起骚动的。池泽女

士到了神社以后，会先悄悄躲到我们的男方休息室里，大家到时候可得保持镇静，当作亲戚阿姨来了就行啰——"

原来，这就是我南人想出来的办法呀。从大家的表情看来，知道这计划的有蓝子和阿绀吧。我想，康圆大概也答应帮忙了。

一群人到了会场。

我虽想换上正式的礼服，无奈只能穿着这身便服参加婚礼，容我失礼了。

堀田家的所有人全聚集在休息室里。每个人都换上了隆重的衣装，显得有些紧张。铃美去了另一边的女方休息室，她姑姑全家今天会来送她出阁。

休息室的隔扇被轻轻地推开，一位身穿和服的妇人走了进来，礼仪举止十分得体。咱们堀田家一个个愈发紧张起来。

"请恕我打扰。"这位妇人说着，深深一礼。大家也赶忙欠身回礼。

"承蒙各位答应如此无理的请求，委实万分抱歉。我是池泽百合枝，从事演员工作。敬请大家不吝指教。"

"也请您多多指教。"我南人代表堀田家向她回礼。

待池泽女士抬起头以后，我南人又说："这是今天要举行婚礼的小犬，名叫堀田青。"

池泽女士面向阿青，接着，露出了和电影银幕上一样的灿烂笑容对阿青说："由衷恭喜您觅得良缘！"说完，她缓缓地欠身致意，再慢慢地抬起头来，又微笑着加了一句，"祝您们永远幸福。"

"谢谢您。"阿青也躬身回礼。

"今天天气晴朗，真是太好了。"

"是呀，还好天气不错。"

"不好意思，在这个难得的大喜日子里，请容我在贵府的亲友宾客中列席。"

阿青正想说些什么，勘一突然扯开嗓门，比平时提高音量说道：

"您千万别这么说！能请到名满天下的池泽百合枝女士前来，我们才该感谢您，能让我们留下如此美好的回忆呢！想必待会儿新娘家的亲戚可要大吃一惊了。"

说完，勘一得意地哈哈大笑，其他人也跟着笑着点头。只见我南人和蓝子也跟着赔笑呢。

婚礼正式开始了。

观礼的亲友们无不面色严肃地聆听着康圆念诵的贺词。

池泽女士真不愧是出色的演员！举手投足，无不优雅利落，态度神色也没有透出半分犹疑。虽说她从不曾亲手养过这个儿子，毕竟是自己怀胎十月生下的，总是怜爱有

加。光是从她今日不惜排除万难来到这里，想必心中有说
不尽的感慨吧。然而，这些复杂的情绪，从她脸上丝毫看
不出来。

至少我原本是这么以为的。

没想到，就在阿青和铃美进行交杯仪式的时候……

当众人的目光都聚集在前方的新人身上时，坐在堀田
家末席的池泽女士再也撑忍不住，缓缓地拿起白手绢，轻
轻地摁了眼角。那一双时常出现在银幕上的美丽瞳眸，此
时泛着闪闪泪光。

当然，她可不是在演戏哟。因为这时候，摄影机正在
拍摄新郎新娘的交杯仪式。

婚礼终于结束了。

稍后，大家要在神社前拍照留念，暂先回到休息室一
下。这时，灯光师和摄影师都已经离开了。

池泽女士向我南人道谢："今天真的非常感谢贵府的帮
忙。托诸位的福，能够顺利完成拍摄工作。"

大家听了，赶忙回礼。池泽女士又接着说："不好意
思，容我先失敬了，另日再到府上郑重道谢。"

说完，她身段优美地欠身致意，准备离开。这时，勘
一出声唤住她：

"啊，池泽女士！"

池泽女士停下脚步，面带微笑转过身来，"有什么事吗？"

“我知道您很忙，不过等一下马上就要拍纪念照了，可以请您和我们拍一张吗？”

池泽女士有些惊讶，旋即露出了略带歉意的笑容，“可是，纪念照会留存下来，照片里多了一个我这个外人，恐怕不太妥当吧。”

“您千万别这么说！”勘一忙着摇手，“反正会拍好几张，其中一张是和池泽女士一起拍的也不碍事，之后亲戚们再单独拍就好。假如您还有个一两分钟的时间，可以请您帮我们留个纪念吗？”

池泽女士略显犹豫地望向我南人。我南人微微地点了头，可那动作轻到只怕没人察觉。

池泽女士随即绽开了花一般的笑靥，“若是各位允许，很荣幸能够一同入镜！”

祐圆兄当然已经在神社前等着了。我还看到默多克先生和真奈美，哟，阿健先生也在呢。胁坂先生他们也来了，连藤岛先生和茅野先生都特地赶来了呢。希望大家稍后都能留下来一起拍张照片。

首先是请忙碌的池泽女士合影留念。池泽女士原本站在后排的最旁边，勘一连忙唤了她：

“池泽女士！来这来这！既然要拍，就来我旁边嘛！”

新娘家的亲友们忍不住低声窃笑。

"喂，蓝子，让美女在最前面啦！你把位子让出来，请池泽女士坐到我南人的旁边！花容月貌，这样画面看起来才漂亮嘛！"

蓝子缩缩肩笑着站了起来，"我欠缺花容月貌，对不起喔。"

一片笑声中，池泽女士不好意思地在我南人的旁边坐了下来。哦，这么一来，阿青、我南人和池泽女士，一家三口可全都入镜了呢。

哟，您瞧瞧，这不是美得跟一幅画似的？您说是吧。

至于人在天国的秋实，等哪天遇到时，再由我向她赔罪吧。

❖　❖　❖

"咦，爷爷？"

阿绀才坐在佛堂里，没想到应该在"春"居酒屋的勘一也走进来了，手上还抱着一瓶酒呢。

"怎么，你在这喔？"

"我想向奶奶说一声辛苦了。"

"是哦，我也一样。"勘一往酒杯里斟酒，摆到佛龛上，"嗯，今天婚礼办得不错。"

是呀，总算教人松了一口气。哟，怎么我南人也回来了呀？

"唔？派对的表演呢？"

"已经唱完了啊——，接下来就留给年轻人去玩吧——"

"这样啊。"勘一点了头，再拿出两只酒杯，分别帮阿绀和我南人斟了酒。

"唔，辛苦啦。"

"大家辛苦了。"阿绀笑得格外开心。

"瞧你笑得贼兮兮的！怎么啦？"

"爷爷。"

"唔？"

"爷爷应该不是池泽女士的影迷吧？"

"不算吧。"

"可是今天怎么格外热络起劲呢？"

"有吗？还好吧。只要是男人，看到美女都很开心啊。"

"您还想到让她坐到爸爸旁边拍照，这一招真高明呀！"

勘一忙着装糊涂。看来，勘一也察觉到了吧。嗯，我想他一定知道了。我南人也假装不晓得，一口饮尽了杯里的酒。

"唔，反正阿青也不是个傻瓜，之后就顺其自然吧。"

"是啊。"

我南人点燃香烟，呼出了一口烟气，说道：

"好了，接下来只等蓝子去英国，就算告一段落啰——"

是呀，直到花阳和研人长大之前，家里好一阵子不会再忙喜事喽。

没想到我南人这句话一出口，勘一立刻皱起了眉头：

"英国？那是啥？"

"咦？您没听说吗？"

"咦——？我没跟你讲过哦——？"

"没人跟我说过！该不会是要和默多克那个家伙一起去英国吧？"

就是这样没错呀。

"是呀，他们要在那边办双人展。"

"混账！我管他什么双人'斩'还是杀千刀的！连婚都还没结，怎么可以两个人手牵手跑去国外旅行！喂，默多克那家伙还在'春'那里吧？去把他给我叫来！臭小子！还有蓝子也一起叫回来！"

唉，真拿他没办法。阿绀和我南人也笑得无奈。

才想着总算平静下来了，看来，又要吵吵闹闹好一阵子喽。或许，我还能在这里多待上一些时候哪。